卑湿の淤泥

HISHITU
NO
ODEI

室津波光

鳥影社

卑湿《ひしつ》の淤泥《おでい》　目次

卑湿《ひしつ》の淤泥《おでい》

私有地

　シルバーグレーの新車は光の射していた林道から逸れて鬱蒼《うっそう》とした山道に入った。奥に進むにつれて木々の幹は濃い褐色を帯びていく。

　車はヘッドライトを点けた。道の両側に迫る葉はそよともしない。山奥の私有地は人ばかりか風が通るのも拒んでいるらしい。不意に水の音が聞こえた。音無《おとなし》川の源流に近い流域だ、水の音がしても不思議ではない。おそらく伏し水になっていた川が水を吐き出し始めたのだろう。だが、川と呼ばれるほどの力を持たない垂水のような水音だった。

　音無川は明治の初めまで世間に知られず、地図にも載らない隠れ川だったと言う。床柱に使う杉の植林と、山の雑木を伐り出し、炭を焼いて財を成した片桐《かたぎり》家の私有地なので、どこかの水脈から地中深く引かれた水を隠していても、所有者以外他人が知るはずはない。隠れているのは人間ばかりではない。

　片桐鶴子《かたぎりつるこ》はそんなことを考えながら、乗用車の後部座席に凭《もた》れたまま、現れては消える水の音を聞いていた。まだ、車に乗っていることが実感として摑《つか》めていない。遠出の外出は十七年以上もなかった。いや、家から外へ出るのも久しぶりだ。だが車の乗り心地は悪くない。悪路の山道だと聞いていたのに、鶴子を乗せた車は不安げな素振りがない。山道を知り尽くした獣の敏捷さを思わせる走りだった。

揺れませんね、山道とは思えない……と呟《つぶや》くと、車を運転する「西駒造園《にしこま》」の西駒与一《にしこまよいち》が、買い換えたばかりの社長の車です、と言った。運転技術のせいではない、と言っているのだと分かった。

車は仄《ほの》かな明るみのある場所で静かに停まった。

「すみませんが、ここで降りていただけますか、車はもう入れません。ここから先は獣道があった後の名残です。道も狭く、癖が強くて車は使えません」

西駒はまっすぐ前を向いたままそう言った。車を停めたそこは辛うじてUターンの出来る広さがあった。

「はい、はい」と言いながら凭れていた身を起こすと、西駒の後ろ髪が目に留まった。

片桐家の庭で働く時の西駒与一は、いつも柿渋色の木綿地に、背中に黒く「西駒」と染めた印半纏《しるしばんてん》を着て、頭を手拭いで包んでいるので、顎までかかる長髪に、黒いジャケットを着て車の運転をしている姿を見ると、知らない男の人と一緒のような気がした。印半纏は、「西駒造園」に庭の管理を任せた何代か前の片桐家当主が与えたものだと言う。庭で仕事をする時の西駒に慣れていたせいだろう、洗い髪なのか油もつけずに耳の下まで垂らした髪が無造作に揺れているのを見ると、彼はその髪で右頬の傷を隠そうとしているのだと思った。

西駒与一の右頬には事故で負った抉《えぐ》れた傷痕がある。それを至近距離にいる鶴子の目に触れないようにしている。顔に出来た傷などいかほどのこともない、と言いたいが、傷は彼の内部にまで喰い込んでいるかも知れないので、さり気ないまま置く。

鶴子は顔ばかりか全身に傷を負った若者たちを何人も見て来た。その頃は、若者は顔や躰に傷が出来るほど無謀な行動をするものだと思っていた。いやそれを無謀だとも思ってはいなかった。西駒は立場の違いに拘《こだわ》り、傷を見せないように気を遣っている。

西駒が開けてくれた車から降りた。履き慣れたスニーカーの底が土を捉えた。ぬかるんでいる。躰が微かに沈む。どうしたのだろう、泥の感触がスニーカーを突き抜けて直に足の裏に伝わった。気持ちが悪い、と感じた。足の裏が捉えた感触は泥以外のものを連れている。

車から降りてそこに立つと、急に胸が苦しくなった。風が通らない山の中のせいなのか、それとも軽い高山病なのかも知れないと、泥土の上に立って大きく深呼吸をした。

瑞々しい山の空気が鶴子を満たす、胸苦しさも止む、と思ったのに、躰の中に、この山に蓄えられていたらしい穢泥《おでい》の「気」が入って来たのを感じた。山の中なのに澄んだ空気ではない。地中には音無川が流れているはずなのに、鶴子の足元から水とは違う何かが湧いている。樹木が朽ちた匂いだろうか、と鼻孔から入るそれに神経を注ぐ。あ、と息を呑んだ。女の血、の匂いだった。それは鶴子がとうに失ったもの。今でもそれを憶えていて嗅ぎ分けたことに驚いた。

「ここ、ぬかるんでいますね。空気の中に何かがちょろちょろしている……」

言わないでおこうと思ったが言ってしまった。それも奇妙な言葉が出た。ちょろちょろ……。相手が西駒だから無防備になったのだろうか。片桐家の当主が家の使用人の中で野坂《のさか》税理士と庭師の西駒を代が替わっても雇い続けたのは、彼らの口が堅く、当主が口を滑らしたことを聞こえなかったことに出来る賢さがあったからだ。

「この辺りはどこも水が潜んでいますからこの山全部が少しぬかるんでいます。それに、どう言うわけか山にしては空気も澱《よど》んでいます。地形のせいで風が通らないせいでしょう。父から、この山は昔からこんなものだと聞いています」

ちょろちょろを省いた西駒の説明に鶴子は頷《うなず》いた。この土地が水を伏せた川の流域だと言うのは知っていた。地形ばかりではない。山の空気がどこも清浄だとは限らない。もう何十年も前から、産業廃棄物が山に捨てられ、医療器具の使い捨て、大量の電池から漏れた物質、使い物にならなくなった火薬や家電、動物の死骸が放棄されて社会問題になっていた。誰かがこの山に持ち込んで、それが腐敗したこともあり得た。ちょろちょろの正体は何時だってこんなものだ。久しぶりに家を出て遠出をしたので、鶴子の感覚は外界を摑み損なっている。

「ここから少し上がれば柊橋《ひいらぎ》に着きます。道はもっと狭くなります。柊橋は橋と言っても川に架かる橋ではなく、土地の境界線の意味で名付けられた目印にすぎません。昔、柊が植えられていたらしいのですが、今は名前だけ残っています」

西駒は、そこへ行くのが鶴子をこの山に案内した目的であり、案内された者にとっては基本的な知識だと思ったのか、そう言った。そう、鶴子には代理とは言え果たさなければならない仕事があった。山の空気などどうでもいいことだ。

鶴子が後妻に入った片桐家で、代々庭師として仕えている「西駒造園」は、片桐家が所有する「山」の管理も任されていた。鶴子は片桐の家に来て三十年経つのに、音無川流域の土地を片桐家が所有しているのを最近知ったばかりだった。山に入るにあたって、片桐家の資産を管理する野坂税理士から聞かされたのは、片桐家は新しい当主が家督を継ぐ度に土地を切り売りして税金を払い、今では、民間の養護施設に貸してある二か所の土地と、漬物用の野菜を作る農家に貸す洛北の畑地、荒蕪《こうぶ》地を含む音無川流域の辺りだけを所有していると聞かされた。材木や炭を扱う仕事は時代の流れの中で先細りをしていたのは分かっていたが、切り売りだけで家督を継いでいることなど何も聞かされていなかった。

何もせずに、ですか？　はい。代々の習わしで土地が産んでくれる上がりを待っているのが現状です。家の賄いは養護施設と農家の地代収入、持っていた株券を売ってやりくりしていますが、今の旦那さん御夫婦は、奥様のように地味な暮らしをなさいませんから、切り売りも早くなっています。ことに今の代になってからは地代収入が上がってもそれを蓄えておくということはなさらず、直ぐにゴルフの会員権を買ってしまいます。若奥さんの強い勧めで旦那さんも同意していますから。そうですか、まるで「荘園」経営ですね、とは言わなかったがそれ以外にどう言えるだろう。

税理士からそう聞いてこの山に入ったが、山に入るのは本来なら家督を継ぐ今の当主の仕事だ。だが、なさぬ仲の息子民雄《たみお》はゴルフに明け暮れ、当主に負わされた約束事など意に介さず、その役は急遽《きゅうきょ》継母の鶴子に負わされた。

「西駒さん、この立札は何ですか？」

街の中でも所々で見かける駒形の立札が、喬木《きょうぼく》の間に立っていた。

「あ、そこからは片桐さんの土地ではありません……申し訳ありませんが近づかないで下さい……」

「は？　近づくな、って？」境界の分からないこんな山奥なのに、と言いかけた。

「はい、そう言うことです」

「あ……そう言うことですか」

鶴子はそれ以上訊かなかった。

「そう言うことです」「そう言うことやがな」

会話を切るためにこの街の人たちがしばしば使う、やんわりとした拒否がそれだった。

この街は思いがけない所で人と人が繋《つな》がっていた。迂闊《うかつ》なことを言えば後で手痛い目に遭う。西駒にも彼ら特有の人間関係があって、反射的にそれを言ったのかも知れない。

四、五年で入れ替わる大学生や、観光客以外は大きな人の流れもなく、異業同業を問わず、固定化した人脈が何百年にも亘《わた》って根付いている街だ。彼らのネットワークは、恐らくこの国のどの街の人たちよりも濃密で複雑だろう。それぞれの業界には何代にも亘って道を究め続ける人がいて、そのことが分かっていない者が迂闊なことを言えば、「あんたはん、どこの学者はんどすか」、と嗤《わら》われた。そうならないために、その辺で話を切り上げたらどうですか、の意図を持って、「そう言うことです」、と話を終わらせる配慮をしているようだった。

鶴子は駒形の立札に近づいた。見るだけならいいではないか。

——ここは私有地です。この地に入ってはならない。木を伐ることも、動物や虫を獲ってもいけない。

立札にはそんな意味のことが書いてあった。

この街の中心を流れる鴨川の源流に近いここは、「霧隠し」と呼ばれ、いくつかの私有地と、いくつかの集落が持つ複雑な入会地が点在する場所だった。冷たい北山時雨と深い霧に覆われたこんな場所に来る人もないだろうに、土地の境界を際立たせるための警告が示されている。立札のあるここも片桐の土地と同じ私有地だと言うが、片桐側の土地と決定的に違うのは、その「イエ」は納税を免除され、目の眩《くら》む累代を誇る特別な名家だった。

その「イエ」が所有する柊橋の向こうは、さらに暗い森だった。低地になっていたのか、鶴子のいる所から一か所だけ雑木の一部が伐られ、天に向かって穿たれているらしい孔が見えた。何のために穿たれた孔なのかは分からない。恐らく暗い森を照らす明かり採りのつもりなのだろう。この街の旧い町家にも明かり採りの天窓があった。

だが、それにしては穿ちが小さすぎて窮屈だ。もっと大胆に樹木を伐って、光を、流れる風を取り込めばよいのに。

「何故あそこだけ木が伐られているのかしら」

「あ、あれですね、私にも分かりません、向こうに入ったことはありませんから」

「そうですよね、ひと様の土地ですから」

それでも鶴子は諦めが悪く、暗い森の奥に穿たれた孔の意味を探そうとした。立札を無視し、誰かがそこに入り込んで迷子になった時、天に向かって大声を出し、助けを求める。それは考えられる。でもここは山奥の私有地だ、その声を聞きつける人もない……。

仕方なく鶴子は孔の真下に立つ自分を想像した。そこから天を見上げれば、青く澄んだ初秋の空が豪然と開け放たれているではないか……。だが、見えたのはそれではなかった。鶴子は大空を、海原を見ようとして諦めた。湖を見ようとして溜息をついた。穿ちが小さくて視界が広がらない。あ、水溜り、池……だ。天の池。生い繁った樹木を伐って穿たれた孔は小さな池だった。鶴子はようやく納得した。そこからもたらされる空気だけが辛うじて所有者の呼吸を助け、彼らはそこから見える光明だけを頼りに世界を見ていた……。

「うちの方は雑木を伐らないのですか？　伐れば、道も広く明るくなると思いますすけど」

「あ、それは……こちら側は墓守としての意味を持つそうですから」

「墓守？　片桐が向こうさんの墓守、ですか。初めて聞きました」

「片桐さんの土地は近くの集落や町に直接繫がっています。雑木を伐れば森林浴やピクニックのつもりでここに入る人たちが来ると困りますから、あえて伐採や道の整備はしないでおくのが代々の決まりです。でも、森の向こう側の山を越えれば西の鯖街道に出られ、若狭に着きます。お公家さんに何か危険が起こったら、峠を越えて若狭に逃げた、とも聞いています。昔は放置されていた黒い木に覆われただけの小さな森から、墓らしい盛り土が見つかって、ご維新のごたごたの後、急にこういう事になったらしいのです。今の時代に、片桐さんに木を伐るな、と命令があったわけではないらしいのですけど……」

「あ、そう言うことですか。それで墓守。分かりました、片桐の土地は向こうさんのサキモリ、つまり……防波堤と言うわけですね」

「えっ？　サキモリ？　防波堤？　ええ、はい、確かにそれです」

庭師のこの男は鶴子の言ったことをはっきりと理解した。

西駒はジャケットのポケットから地図を出し車のボンネットの上で広げ、現在、片桐家が所有する土地を指で示した。腕には携帯用の懐中電灯が巻かれてあった。彼が言うように、確かに二つの私有地は山の中にも拘《かかわ》らず、どちらの土地も私有地だと肘で突き合うように、くねりながらも分かれていた。

亡くなった夫、片桐和夫《かずお》の十七回忌が済み、音無川流域の土地や、北山周辺の手つかずの山林、荒蕪地を、現地に行って見てくれ、代々の踏襲だからと、なさぬ仲の民雄に言われて来たが、それをするのは本来当主民雄の役目だ。だが民雄は山に入って先代の残した土地を見る気はないらしく、形式的なことだからアンタでも構わない、一応見ておいてくれ、野坂から催促されている、と鶴子にそれを押し付けた。

「西駒さん、私は民雄に頼まれて来ただけですけど、ここで何かしなければいけませんか？　私の役目は何でしょう」

「あ、役目ですか？　代々の方はここを見るだけで相続が完了した証になるのだと、亡くなった父から聞いています。片桐家にとって大切な場所で、この山に入らないうちは相続が出来ないのだそうです。法律とは関係のない、片桐家の当主になるための約束事だと聞いています」

面倒な仕来りだと思った。代替わりの当主が相続をするために、必ず一度訪れなければならないここは、確かに一度だけなら我慢も出来よう。二度三度と足を入れる土地ではない。二度も三度もこの血腥《ちなまぐさ》い「気」を浴びたら、訪れる人が山に抱く清冽《せいれつ》な感覚を狂わす。

鶴子はスニーカーにこびりついた泥を朽葉で擦《こす》った。

「お疲れでしょう、悪路がありましたから」

西駒は車が山道で揺れたせいで鶴子が疲れたのだと思ったらしい。鶴子の小さな苛立《いらだ》ちを見逃さなかった。

西駒与一は苦労人だ。兄弟二人で経営する「西駒造園」は、弟の順一《じゅんいち》が社長なのでその辺りの距離を超えないためなのだろう、いつでも一歩引いて弟を立てている。弟はそれを理解していないらしく、仕事はすべて兄に任せて、何もせずにぶらぶらしているとお手伝いのトミ江から聞いていた。片桐の家に後妻に入った鶴子には、与一の置かれた立場が逆の模様で見えていた。西駒与一は亡くなった先妻の子で、順一は後妻が産んだ子供だ。義母とその人が産んだ弟の生活は、すべて与一ひとりに負わされていると野坂税理士からも聞かされていた。民雄の代になって西駒に支払う給料が二割減らされていることも最近知った。

柊橋から離れる時、木で組んだだけの粗末な小屋が木々の間に見えた。樵《きこり》が使っていた廃屋だろうか。そこは片桐の所有なのか、もう一つの「イエ」のものなのか、それとも誰かの土地なのか、見極めがつかない場所だった。

「あんなところに小屋がありますけど、あれは樵小屋ですか?」

「あ……あれは、焼き場小屋でした」

「焼き場、って……あれ、ですか?」

「はい、そう聞いています」

「こんな所に、何なのでしょう?」

血腥《ちなまぐさ》いものが残っていたせいか何かを咎める気分があった。

西駒はしばらく黙っていたが、見えないはずの尾根に向かって指で二つの山を描き、

「水系が違います。向こうは大堰《おおい》川に入る尾根で、こっちは賀茂川水系です。賀茂川からの水は御所を通ります。土葬にしたら土地が穢《けが》れ、水が穢れます。ですから、この地域の人が亡くなると、水系の違う隣の阿弓《あゆみ》集落に亡くなった人を運び、それが出来ない時は、あの小屋で火葬にしていたのだと聞いています。もちろん今ではそんなことは行われていませんが、五、六十年前までは小屋での火葬は行われていたそうです」

「あ、御所に入る土が穢《けが》れる、水が穢れる、ですか……」

「はい、穢れを忌み嫌う昔からの仕来りです。その頃からの風習はつい最近まで残っていたよ

うです。いくつかの風習はまだ残っています」

鶴子は、西駒の言葉を聞きながら、この土地が鶴子にもたらしたものの空気が何だったのか分かった気がした。車から降りて深呼吸をした時に感じた血腥さは、匂いそのものではない。鶴子にとっては受け入れられない何事かがもたらした、まともな生体反応だった。

「さあ、私の役目は済みました。遅くなりましたけど北山坂の花房でお昼にしませんか、ひとりでは美味しくないので」

「はい、お供させていただきます」

北山坂を降りたところで西駒の携帯電話が鳴った。電波が通るところに着いた。西駒はすみませんと言って車を止め、電話を耳に当てはしたが相槌《あいづち》を打つだけで切った。

「西駒さんごめんなさい、私、疲れたみたい。お昼はまた次の時にしましょう。真っ直ぐ家に向かってくださる？」

「あ、……はい。分かりました」西駒はそう言うと運転席で居ずまいを正し、躰を折って頭を下げた。

世間にはついていない男は山ほどいるが、西駒与一もそのうちの一人かも知れない。与一の母親は「西駒造園」が出入りする寺で雑務と事務をしていたと言う。そこで親方の息子と親しくなり結婚をして与一が生まれた。与一が小学校に入る前に母親が亡くなり、父は一年後に別の女を西駒に入れた。与一を育てる女手が要ったのと、男盛りだった父親が仕事の憂さを晴らすために、新しい女が必要だったのだとお手伝いのトミ江から聞かされた。トミ江も前にいたお手伝いの人から聞いた話だ。新しい母親は西駒の家に入った半年後に男の子を産んだ。それが順一だ。トミ江はそれを、西駒の先代は運転がうまい。すんなりと並列・縦列駐車が出来た、と笑って鶴子に言った。ここまでは取り立てて不幸な生い立ちでも不遇な身の上でもない。

成人した与一は、「西駒造園」で庭石を探す仕事に従事していた。片桐家の仕事の合間に小料理屋の庭に石を補充する細かい仕事だ。連絡が入れば、賀茂川、高野川、貴船《きぶね》川、遠くは木曾川や揖斐《いび》川まで足を伸ばした。

揖斐川で、河川整備のために大きな岩を掘り出す工事が行われていた時、西駒与一はその川の支流で庭石を探していた。整備工事を請け負った職人の手違いで、容量を超えたダイナマイトが使われ、発破で飛ばされた火石が支流にいた与一の右頬に当たった。小餅ほどの大きさで右頬は抉れ、そこに陥没痕が残った。その事故を機に長男と次男の立場が逆転した。弟の順一が「西駒造園」の名目だけの社長となり、与一は現場だけを歩くようになった。弟は二十歳過ぎると早々に結婚したが、与一は今も独り身だ。嫁が持てないのは顔に傷があるだけやないで。兄《に》ぃさんの方は滅多に話もせんと暗いし、老けているさかい、女が出来ひんのや。顔の左半分はぞっとするほどいい男やのに。お手伝いのトミ江はそう言った。だがこれも運が悪いうちには入らないのかも知れない。片桐の家に入る前に鶴子が見て来た世間には、「運」の土俵にすら乗れない男が多かった気がする。

御室《おむろ》の家の前で車を降りた。西駒はそのまま真っ直ぐ西に向かい、鳴滝《なるたき》の「西駒造園」に向かう。と、車は周山街道を逸れて南に下る細い道に向かった。北山坂の電話は西駒が帰るはずの道を変えさせた。西駒の運転は乱暴になっていた。

冠木門横の通用口の鈴を押すと、扉の向こうから手伝いのトミ江が走る音が聞こえ、鍵を開けたトミ江より先に煙草の匂いが鶴子を迎えた。トミ江は少し慌てている。煙草を喫《す》っていたところだったのだろう。

片桐の家では誰も煙草を喫わない。屋敷はおそらく何年か後には登録有形文化財の指導を受けるはずだから、火の元になる煙草は先代の時から厳しく戒められていた。時代の求めなのか、出入りの職人たちの中にも煙草を喫う人がいなくなった。彼らに殊更それを注意する必要もなくなったが、トミ江は煙草を止められない。咎められるのを恐れ、隠れて喫煙を続ける。喫うのは主に北東に面した台所の上にある中二階の彼女の部屋だ。片桐の家で二階が造られているのは、台所からしか上がれない昔からの女中部屋だけだった。トミ江は用心して、離れに向かう狭い路で喫う時もあった。離れには鶴子しかいない。鶴子以外にそれを知っている人はいない。いや、トミ江は吸殻を木立の後ろに捨てることがあるので、庭師も知っているだろう。

トミ江の息が荒い。今年七十一になったと言う。煙草を喫って走れば息も切れる。だが言いたいことがあるらしく、あの、と繰り返した。

「どうしたの？」

「珠子《たまこ》奥さんがゴルフ場で手首をひねりました。痛がっています」珠子は民雄の嫁だ。

「あ、珠子さん、今日はゴルフだったの？　で、大ごと？」

「いいえ……、でも、お出かけは出来ません」

「あ、そう……」

母屋に寄って珠子に何か言葉をかけなければいけないのだろうか、と一瞬足を止めたが、珠子はそれを望んではいないだろうと、母屋の北側に立つ鶴子専用の別棟に向かった。

民雄は、父親の和夫が亡くなると、待っていたように鶴子の「遊び家」を建ててくれた。アンタはここで気楽な老後を楽しんで下さい。五十二歳になったばかりの鶴子にそう言った。気を遣ってくれてありがとう。そう答えて別棟に移った。秋の半ばになると小さな家を囲むように植えられた喬木の枝が撓《しな》り、枯れ枝の擦《こす》れる音が一日中鳴る十五坪の屋根の低い平屋だった。木を植えて囲ったのは、小屋にしか見えない安普請の家と、庭師の道具を入れるプレハブの納屋が、母屋から見えないようにするためだとトミ江が言っていた。珠子さんからじかに聞きました、と。

「皇領寺《こうりょう》さんからまた電話がありました。先代様で今の墓所は限界となっているそうです。何度も連絡があったのに、珠子奥様は何もしてはらしません。皇領寺さんから、私が電話のことを伝えてないのか、って言われました。新しい墓所は今の旦那様からのことで、ご自分もそこに入ることになるのに、珠子さんは不浄の話はしたくない、いわはります。そんなことは離れがやればいい、って」

「そうですか、それならそうしましょう。旦那さんが亡くなった後、次はこちらにと新しい墓地のパンフレットが届きました。見ましたが明るくていい所ですよ。あとで私が皇領寺に電話をします」

「珠子さんは母屋のことを何もせぇしません。届く手紙の封も切らずにほったらかしです。手遅れになってから旦那さんが慌ててはります」

鶴子はトミ江の言葉を遮《さえぎ》り離れに向かった。

「あ、奥様にお手紙が届いています、速達です」

鶴子の背中をトミ江の声が追いかけた。どうせどこかの団体が寄付を求めている手紙に違いない。速達でなければ封を切ってもらえないと思っているのだろう。北の離れに移ってから他家との交際は母屋の珠子に任せているが、珠子が先延ばしにしているものや、彼女の興味にないものは読まずに捨てられた。そうして取りこぼした幾つかの付き合いを詰《なじ》られるのは鶴子だった。

――この家の事情はお分かりのはずです。片桐は普通の家ではありません、珠子はやんごとない血筋です、世事に疎いのは当たり前です。細かな雑用は手抜かりのないようにしてもらわないと。民雄がそう言って鶴子に釘を刺した。

珠子は堂上《とうしょう》公家の傍系の血を引く「一行家《いちぎょう》」から片桐に入った。限られた階層の人としか接したことがないらしく、周りの状況を考えて動く訓練がされていない。その必要がなかったのだろう。民雄との間に子供が出来ないことにも珠子は頓着しなかった。夫婦に子供が出来なければ、いずれ、民雄の従弟の子供たちのうちの誰かを養子に迎え、相手は珠子の縁続きから探すのだろう。家の格を落とさずに世代をつなげていくにはそうするしかない。片桐家はそれも珠子たちの属する階級のやり方を真似ていた。

困ったことに、珠子は自分の育った階層以外の人には興味がない。片桐の家に対しても無関心の素振りが見えた。それがトミ江には気に入らない。珠子がしなければならないことでもトミ江の手を煩わせ、トミ江の仕事が増えるからだ。珠子に振り回されて疲れると、返事の後に小声で「法事菓子は噎《む》せる」と口走っていた。派手に色付けされたお盆のお供え物の蓮や茄子の菓子にたとえ、体裁ばかりで味がない、と言うことらしい。四十代になったばかりの珠子が「法事菓子」ならば、古希を目前にした鶴子は陰で何と呼ばれているのだろう。

離れの扉に速達が挟んであった。定形の白い封筒に見慣れない文字で「片桐鶴子様」とあった。差出人の住所は書かれてなく、名前が一つ。それを見て息が止まりそうになった。本庄静江《ほんじょうしずえ》。本庄健一郎《けんいちろう》の姉だ。逸る気のまま鍵を挿してドアを開け、中から鍵を掛けた。差出人の名前に、「本庄静江」を書くとは不用心すぎる。本庄に何があった？

――堀越《ほりこし》鶴子さんお元気でしょうか。健一郎の姉静江です。すべて終わりましたので名前も昔のままで出させていただきます。この方がお目に留まると思いましたから。

本庄健一郎は亡くなりました。台湾から与那国《よなぐに》島に入り、沖縄で最期を迎えました。私はすでに本庄ではありませんのに、最後の最後まで私が健一郎の身元引受人をしなければなりませんでした。健一郎は生家の墓には入れません。下の弟にも連絡は入ったようですが、弟は嫁や親戚の手前、健一郎の引き取りを拒否しました。ご存じでしたでしょう、本庄の家は武蔵野で帯刀を許された地主階層でしたから無理もありません。その事情は私にはよく分かります。私は本庄家の長女ですから。弟夫婦が拒んだので結局私にすべてが負わされました。健一郎は今、私の所に置いてありますが、私の嫁ぎ先にはまだ何も言っておりません。家の違う弟を私の嫁ぎ先の墓に入れることは出来ません。

そこで、いろいろ考えました。そちらはたくさんの寺社があり、合祀、合葬も盛んな土地柄だと伺いました。是非ご相談したいので一度会って下さい。今は健一郎とは全く無縁のあなた様であることは重々承知しておりますが、あなた様にはどうしてもお知らせしなければ、との一念でこの手紙を書くに至りました。健一郎は死んだのでもうかつての縁故者が監視されることはありません。ご安心下さい。

でも、今のお立場ではそれも杞憂に過ぎないかも知れません。鶴子さんは名家に嫁がれ、何の不自由もない結構なお身の上だと伺っていました。とうとうここまで上り詰めたのですね。おめでとうございます。

お目にかかる私の希望は、十月の第一金曜日午後三時、京都中央郵便局ロビーです。神戸に住む義理の姪と会うことになりましたのでこの日にして下さい。別紙に電話の番号を記しましたので、どうしても都合がつかなければ後日の変更も考えます。では当日駅でお目にかかります。

鶴子は何度も何度も手紙を読み返した。

本庄健一郎が死んだ。執行猶予中に姿を消し、杳《よう》として行方が分からなかったので、本庄も生きてはいないだろうと思った時もあった。刑を免れた大友良太《おおともりょうた》が何も言わずに自殺をしていたからだ。

和夫の忌明けが済んだ頃だっただろうか、初めて届いた本庄からの手紙は、見知らぬ社中からの、「茶会」を装った封書だった。消印は京都中央郵便局。封を開けると、熟れて裂けた柘《ざく》榴《ろ》の実に虫がたかる毒々しい絵が一枚入っていた。本庄健一郎からだと思った。柘榴の実は健一郎が好んで描いていたのを知っている。だが、本庄は虫のたかる柘榴を描いたことはない。柘榴の赤い粒を一粒一粒透明な膜で覆い、丹念に描くのが本庄の絵だった。

本庄は虫に喰われる柘榴をよしとはしない。柘榴の意味する凄惨さを彼は好まなかった。彼の生まれ育った武蔵野の屋敷に植えられていたと言う柘榴は、豊穣の美として捉えられていた。彼はその美にだけ浸れるナイーブな育ち方をしたのだ。

あざとい怨念が透けて見える柘榴を見て、本庄の逃亡を助ける白川衆《しらかわしゅう》の生き残りが投函した、と思った。京都中央郵便局の消印がそれを語っていた。何も書かずに、たったそれだけの絵を送って来たのは、白川衆の用心深さに他ならない。白川衆は、後家になった鶴子に本庄が生きている事だけを知らせた。それも本庄の意を超えて。本庄は生きている。どこかで生きている。これからも生きる気だ、と伝えて来た。跡絶えたはずの白川衆から堀越鶴子に宛てた最後のメッセージだと思った。

だが、本庄静江の手紙には解せないものがあった。とうとうここまで上り詰めた、と言うのはどういうことなのだろう。まるで鶴子が、裕福な名家に野心を持って入ったと思わせる浅ましい言い方だ。おめでとう、と言うのも、弟の死を知らせる手紙に添えるのは相応しくない。

そして、有無を言わせない日時の指定。

静江はあれからの鶴子がどんな生き方をしていたのか知るはずはない。片桐和夫と結婚したのも、それを知る人は限られていた。白川衆と、堀越から除籍をしたことを知った父母だけだ。その二人ももう亡くなっている。

扉の外からトミ江が何か言っている。家にいる時、昼は鍵を掛けないので不審に思ったのか声が大きくなった。鶴子は、電話の番号を記した一枚の便箋だけを残し、手紙を細かく裂いてトイレに流した。

「珠子さんが、明日の東雲《しののめ》さんのお祝いには行けないさかい、代わりに奥様に行くようにってゆぅてはります」

「え、私が、ですか？　急ですね。民雄はどうしたのでしょう、民雄もいるでしょう」

「はい、でも旦那さんは明日から川奈に行かはります。どうしてもお相手をしなければならない方からのお誘いや、ゆぅて。その代わりに珠子さんがお祝いに行く段取りやったのに。でも、ゴルフで手首を挫いて。旦那さんが珠子奥さんにゆっくり休みぃ、ゆぅて」

「あ、そう、川奈でゴルフね……民雄はお医者に行ったのかしら。この間、胸が痛いって言っていたけど　……そうですか、私で用が済むなら構いませんよ」

そう言って精いっぱいの平静さを保った。

「奥様は朝から西駒さんと山に行かれてお疲れやのに、珠子さんはゴルフで怪我やて。東雲さんのお祝いが控えてはるのに、お好きなゴルフの方に気ぃ取られて……」

鶴子の意を酌んでいるとトミ江は言いたげだ。だがこれにほだされて使用人との距離を縮める気はない。

「いいのよ、誰かがやらなければ義理を欠くから」

トミ江が東雲さんから届いた封書を持って来た。何が書いてあるのか分かっているだけに気が重い。造り酒屋の御隠居、東雲三蔵《さんぞう》さんの祝い事とは、彼の自叙伝の出版披露宴だと言う。どんな人生だったのかは知らないが、東雲さんは痴呆が出て、他人を攻撃することに嬉々とし始めている老人だとトミ江は言う。人騒がせなパーティーなどして何になるのだろう。彼の来し方が魅力に富んだものならば、記憶に残る人たちによって語り継がれる。だがそれも時間の問題だ。いずれは彼が生きた事すら跡形もなく消えるだろう。あぁ、疲れている。老人がどうしても残しておかなければならないと思う記録に、敬意を払う余裕がない。朝早くに音無川に行ったせいかもしれない。両方とも本来ならば母屋の二人が負うべき仕事だ……。

それでも、気を取り直して東雲さんの出版祝いに出かける段取りを考えていた。「皇領寺」のことも話を詰めなければならない。民雄の代から墓所が変わる。新しく整備された庭園墓陵もさぞかし立派だろう。「皇領寺」の出発はやんごとない人たちのために造られた寺だった。

何か手抜かりをしていないか。些細《ささい》な失態も許されない片桐家での三十年だった。鶴子は本庄の死を知らされたにも拘らずそのことを忘れ、この家で完璧にこなしていた日常に、手違いが生じることを恐れているのを思い、はっとした。

水音の消えた音無川に沿って北山坂を降りたところで継母の加代《かよ》から電話が入った。片桐さんは食事をするはずだったのを止め、与一に自宅まで送ってくれるように言った。与一に何か急用が出来た、と察した。与一は加代に相槌を打っただけなのに、片桐さんは与一を食事に誘う場合ではないと判断した。それも自分の方に我儘《わがまま》が生じたと念を押すのを忘れない。使用人に対するこの気遣いの周到さは見事だった。片桐家はこの人がいるから何でも支障がなく運ぶ。僻《ひが》みを隠した言葉を使って、雇い主に対する鬱憤《うっぷん》を晴らそうとするお手伝いのトミ江さえ、離れの奥さんには従順だった。

弟の順一が住む双ヶ岡《ならびがおか》のアパートに行くと、加代と順一が待っていた。

順一の二度目の妻が一向に止まない夫の女癖の悪さに腹を立てて離婚をしてから、加代は鳴滝を出て順一の所で暮らし始めた。まだ子も出来てへんし、女の代わりはなんぼでもあるがな、と上機嫌な引っ越しだった。与一に連絡があるのは二人に何か困ったことが起きた時に限られている。今日の突然の呼び出しも順一に関わることなのだろう。

何の用ですか、と訊く前に、加代は与一にいきなり、まずいことになった、と切り出した。またか。女のことに違いない。一年前にもまずいことになったと与一を呼びつけ、女と話をしてくれと言った。与一が出れば女は退《ひ》く。二人は、右頬に抉《えぐ》れた火傷痕のある与一を見て女が怯えて引き下がる、と思っていた。与一の顔に傷があるのは事実だ。初めて会う人は慌ててそこから目を逸らす。それは問題ではないと言葉の外でアピールする人は、ことさら饒舌《じょうぜつ》に世間話を始めた。どちらも彼らの中に起こった不快な戸惑いがさせた事だった。

「で、どこで誰と会うんです？　今度は」

与一は淡々と訊いた。そうしなければかえって惨めになることを知っている。四十五を過ぎた男が、顔の傷で胸の中にわだかまるものを出してしまえば後が辛くなる。

「今度は、厄介やで、気色《きしょく》の悪いのが後ろにいるさかい」

「極道？」

「分からん。よう分からん連中なんや。急に男が出て来て難儀なことを言い出しているさかい。男が出るとなると言われる金も桁が違う。ことによったらこの間替えたばかりの車を手放さなあかんようになる。順一が可哀そうや。与一にも生活を切り詰めて貰わんと」

与一は言い返したかった。片桐からの給料はほとんどあんたたちが使っているだろう。これ以上僕にどうしろと？　二つの所帯を賄えるほど西駒の仕事はない。順一もアパートを引き払って鳴滝に戻り、荒れた家の修繕をやってくれ。夏の台風で屋根のトタンが剝がれ、ビニールシートを掛けたままだ。壁板も剝がれた。女に使う金が欲しいなら人手不足の建設土木の手伝いをすればいい。躰は丈夫なのだから、観光客やオリンピックを当て込んだ業界で働け、そっちは景気がいい。

だが、言い返したところで継母の加代は与一の口答えを封じるために拳《こぶし》でテーブルを叩くだろう。子供の頃には理由もなくそれが与一の腹や胸を突いた。どんなことであれ逆らえばあの痛みを思い出すだけでなく、それを忘れられない与一の手に歯止めがなくなりそうで恐かった。

「順一のオモチャは修繕費が高こぅつくな。与一、足元を見られんようにしいや。顔をしっかりさらして、ギリギリ値切らなあかんで」

白梅町《はくばいちょう》で嵐電を降り、一条通を東に向かった。方除け「大将軍八神社」を越え、さらに東へ進む。御前通《おんまえ》を下がり、仁和寺《にんなじ》街道から小さな商店街に入った。今度は厄介だと加代は言ったが、今までのやり方が通るのかどうか急に不安になる。

――ねえさん、あんたは順一に嫁がいるのを承知で付き合ったんだろう？　金が出なくなったのは順一の仕事がうまくいかなくなったからだ。あんたが順一に惚れているなら駆け落ちでもするんだな。いろいろなところから追われるけど駆け落ちにはそれはつきものだ。その気がないのならこれで服でも買いな。そう言って加代から渡された五万円が入った白封筒を出すと、女は与一の顔を決して見ようとはせずに封筒を受け取り消えた。与一はその都度自分のしていることは脅しだと思った。加代に相手は極道か、と訊いたが、極道は与一の方だ。相手にそう思わせて退《ひ》かせるのがいつものやり方だった。だが今度の相手は男だと言う。それも気色の悪い相手だと。

電柱に貼られた町名や番地を確認した。継母の加代に言われた小料理屋「水石《すいせき》」はこの辺りのはずだった。

日の暮れが早まったと思いながら路地に入ると、「本日休業」の張り紙を出した「水石」の看板が見えた。

古びた格子戸を開けると、奥から躰を揺らしながら歩く中年の女が出て来た。女に促されて靴を脱ぐと、うす暗い廊下には所々節の曲がりが目立つ自然木の手すりが続いていた。女はそこを奇妙な音を立てて歩く。

通された四畳半の部屋に座って待っていたのは、白髪を束ねた痩せた老人だった。老人の前には欅《けやき》の木目が渦を巻いて流れている小さな座卓があった。座卓は矩形《くけい》でも正方形でもなく、木目の流れに沿って縁を削ったのか所々緩く曲がっていた。与一が靴を脱いでからこの部屋に通される間、直角や、まっすぐに整った木は鴨居や敷居、襖《ふすま》の線だけで、見える設え物はすべて変形していた。

いやな予感が生々しさを持ち始めた。今まで何度か順一の不手際を処理してきたが、今度は勝手が違う。持って来た菓子箱を出して挨拶をした後、話の切り出しが見つからないまま下を

向いていると、

「西駒の身内だな、顔を上げよ」

老人はそう言うと、与一の右頬の傷に鋭い視線を投げた。

「ほぉ、今どき西駒はその手を使うか……愚か者め、手の内が見えすぎている。わしがそれにビビるとでも思ったか。何者だ、名乗れ。何？　順一の兄、西駒与一、だと。あの若造にこんな兄がおったか。だが生憎《あいにく》だな、わしが待ったのは西駒順一の方だ。兄が詫びを入れに来たところで、どうなるものではない。さっき電話があって、代わりの者に指を詰めさせるとか、物騒なことを言っていたようだが、兄に弟の身代わりをさせるつもりか。母親は傷者の兄より弟が可愛いのだな。まぁ世間によくあることよ。だが、そういうことを言うと纏《まと》まる話も壊れる。わしらは西駒順一と言う愚か者のとばっちりを受けてえらい目に遭わされている。西駒は筋が通らんことをしている。法律違反をしているわけではないがな。もっとも、法は筋論を紙に書いただけだ、筋が先だよ」

老人は錆を擦る軋《きし》んだ声で一気に言った。

与一は眼の奥に血が走るのを感じ、膝の上にのせた両掌を硬く握り直した。加代は与一の指と引き換えに順一の女の問題を片付けようとしていた。

「こたえるわな、肉親に売られたのだから。だが兄の指を獲ったところで弟のしでかした事が消えるわけではない。一度は目こぼしをしたが、目こぼしの意味を取り違えた。執行猶予は無罪放免ではない。頭の悪い親子だ……」

店の女将なのかさっきの女が酒を運んで来て欅の座卓に置いた。どっしりとした厚手の二合徳利だ。通しは糀《こうじ》で漬けたイカの塩辛だった。

女は右足を踏み出す時、躰を大きく傾けた。それが余りにも大きな動きだったので、与一は一瞬そこに目を留めてしまった。

老人はそれを見逃さなかった。与一の視線を断つように目の前で手を打ち、「悪虫が出ておる」と言って舌打ちをした。

部屋の空気が変わった。老人の顔に険が出ている。

老人は与一の前に置かれたねずみ志野の猪口《ちょこ》に酒を注ぎ、自分の前に置かれた黄瀬戸の湯飲みにも半分ほど酒を注いだ。

「飲まんかい。足も崩せ。そのツラで固まっていたら酒がまずくなる。それとも、ここの見世物はネタが悪くて飲めンのか？」

老人の言葉には凄みあった。それも容赦のない言葉だ。与一が女将の動作に当ててしまった不躾《ぶしつけ》な視線が男を怒らせた、と思った。老人は与一の留めた視線を咎《とが》めている。与一に非があると思わせるぞっとする威圧感だ。

気まずい沈黙のあと男は大きく息を吐いた。与一は言われるままに胡坐《あぐら》をかき、猪口の酒を飲んだ。

「もういい。話を戻す。言って置くが、あの若造がしでかしたことはわしには直接の因果はない。この一件は、間に入ってくれと頼まれただけだ」

顔を上げた与一に男の眼球の色だけが見えた。男の眼球は紫を含んだ薄いねずみ色。こんな目の色を実際に見たのは初めてだ。

「この件はある筋からの頼まれごとだ」

本題に入った。老人の声が引き締まる。

「まあ聞け。聞いて弟に引導を渡せ。大人の道には表通りも裏道も地下道もあるわな。今、わしらが言っているのは、表通りと裏道の境の話だ。そこに事情の分からないバカが入ろうとしている。バカには面倒を掛けた分の金を業者に返させ、東高瀬川の河川敷でゴミ拾いをさせる。一年間だ。三百六十五日、雨が降ろうが、カンカン照りの下であろうがやって貰う。これは温情だ。下手をしたら西駒は潰れる。いや、潰されるよ」

与一の猪口に酒を注いで老人は言った。何の話なのか分からない。女のことにしては話が込み入っている。東高瀬川の河川敷とは何のことだろう。

「あの若造は何も分かっていないからこうなる。おふくろも同じだ。ギンガの顧問弁護士がどうだとか、警察がどうだとか喚いたらしい。だがな、鴨川や高瀬川のあの一帯は昔から鴨《かも》ノ衆《しゅう》が噛んでいる。鴨ノ衆以外は出る幕はない。荘園があった時からの話だ。何時の話だ、と突っ込みたくなるだろうが、この街の時間は他所とは違う。桓武のままだと大真面目に言う者もいる。それが自慢だ。そのくせ、桓武の母親が百済系の渡来人だと言うと、聞こえなかった振りをして言い出した相手を憎む。屈折しているだろう？　そこらが分かるとこの街は話のタネにこと欠かない」

そこで男は躰を揺すって嗤《わら》った。

「で……、あの土地のことだが、あの辺りには今も所有者がはっきりしない幽霊地が、百坪二百坪と官地、私有地をかいくぐって浮いている。若造はそんな危ない土地に手を突っ込んだ。鴨ノ衆に筋を通さないで、神戸辺りから流れて来たギンガの尻について、外国人観光客専用の簡易宿泊所を建てるとぬかしている。今が稼ぎ時の潮目だと。だがな、西駒にその力はない。西駒が関われるのは御所より北の、片桐が持つほんの一部だけだ。その片桐ですらアホの跡継ぎが食い潰していると聞く。あんたは女の話でここに来たつもりだろうが、今起こっているのはそんなつまらん話ではない。若造が、鴨ノ衆が絡む因縁の深い土地に老舗の造園業だと触れまわり、名前を貸してちょっかいを掛け、ガタガタにしよる」

老人の話を黙って聞いていた与一は、驚いて顔を上げた。

「簡易宿泊所の話など聞いていません、どういうことですか？」

「この話を知らない？　聞いてない？　長男抜きの話か？　ほぅ、そう言うことか……あんたは母親や弟によくよく嫌われているな。まぁそのツラだからな、無理もない。昔話はしたくはないが、そのツラに同情する木戸銭だ、あの土地のことを教えてやる。ややこしい話だからな」

老人は、「すみ」と女を呼び、うまいものを作れ、と言った。それからは、かつての鴨川流域がどんな所だったのか、与一の知らない話を始めた。

「鴨川は昔から氾濫を繰り返す暴れ川だ。台風や大雨の度に水浸しになって。だが、そこに住みついたものもいた。住む所が他にないからな。彼らは鴨ノ衆のルーツだと言われている。無宿者や外れ者がその湿地を利用して蓼《たで》を育て始めた。蓼なら湿地でも育つ。蓼は藍染めに使う染料になる。藍を扱う青やの出番だ。だが、それだけでは食えない。男たちは氾濫や飢饉《ききん》の度に、荘園の周りに溢れた死人の後始末もした。行刑さえもそこに住む者たちや青やがやった、と。青やの大元締めは検非違使《けびいし》だ。お上のことだよ。お上と一蓮托生《いちれんたくしょう》の腐れ縁、長い歴史だ、ちょっとやそっとで切れる関係ではない……今頃になって警察だと？　笑わせるな」

老人はそこで酒を飲んだ。忌々《いまいま》しいものを酒で流す、投げ遣《や》りな口調だった。与一は目を伏せたままだ。老人の話はよく分からない。それが順一とどう結びつくのかも分からない。分からないまま話を聞いていた。

「お上が彼らを人間扱いする触れ書きを出して何年だ？　都を明け渡してたった百五十年だ。河川は整備され死人の焼却炉も出来た。そこに住む人もいくらか変わった。それでも、天皇が乗った列車があの辺りを通る時は、覆いで隠され部落ごと見えなくさせた時期があった。明治天皇大葬列車通過に際しての取り締まりがあって、な。不潔な土地を隠そうと辺りに黒幕を引き、白張提灯《しらはりぢょうちん》を吊ってお悔やみの意を出した。捻《ね》じれているだろう？　お上の仕事で手を汚し、あの辺りとは一蓮托生だったのに、目障りだから隠せ？　何でそうなる？　誰か答えてくれ。答えられないならこの地に触れるな、と、な。そんな土地にバカが手を突っ込んだ」

滑らかだった老人の声が裂け、また形相が一変した。与一は躰を硬くした。男の烈しい憤りが四畳半の部屋に満ちている。

この時になってやっと与一に一つの筋が見えた。老人は土地を動かす生業《なりわい》だ。そこに順一が開発業者と組んで横やりを入れた。彼はそれが気に入らない。

「あんたに関係はない、な。そのツラではせいぜい片桐の庭を這いつくばって銭を稼いでいるだけだ。あの公家転《ころ》がし、片桐がナンボのもんじゃ。いつでも捻《ひね》り潰せる。お、思い出した、思い出したぞ。西駒が食わせて貰っている片桐の後妻、あれは祇園のクラブ、『蓼科《たでしな》』出だ。よそ者だが縁があって、青やの流れを汲む者たちの手引きであの店に入った。白川衆が嚙んでいる。懐かしいな、白川衆とは。太平が続いて意気地なしの若造が増えたおかげであいつらもなりを潜めている。白川衆には血の気の多いインテリの餌が要るからな。その、片桐の後妻、ずぶの素人から『蓼科』の火の輪を簡単にくぐった。器量はそこそこだが、男並に肝《きも》が切れる、と言われていた」

与一は驚いた。老人が言っているのは片桐鶴子さんのことらしい。

「片桐さんをご存じですか？」

与一がそう訊くと老人は「会ったことはないが噂は聞いている」と嗤った。

その時、女将さんが出て来た。

「お父さん、初めてのお人に他所《よそ》さんのことは言わんといてください」

女将さんは老人の饒舌をたしなめたようだった。

「ン？　わしに意見をするつもりか？　よぅもそんな大きな口を叩いて。誰に大きぃしてもろたンや。もう何も作らんでいい」

老人は狼狽《ろうばい》している。持っていた箸を座卓の上に放ち、

「乞食の分際でわしに意見をするかぁ？」と、女将さんを睨みつけた。

与一は自分が片桐さんのことを訊き返したばかりに、女将さんが厭《いや》な思いをしているのだと分かり女将さんに頭を下げた。女将さんも与一に頭を下げた。

この時になって男は胡坐を解いて立膝に変え「わしは、吉野清二《よしのせいじ》、言う名や」と名乗った。

彼は機嫌の悪さを隠そうともせず、女将さんが部屋を出ると、湯飲みを口にする度、灰色の眼球で与一を睨《ね》め廻した。

順一の話はどこまでだっただろうか。簡易宿泊所？　だが、順一が業者と組んでそれを建てることなどあり得ない。新車に買い替える時のローンもやっと通ったばかりだ。西駒は与一が倒れたら終わる零細な造園業だった。

老人の話が本当かどうか分からないが、それを確かめることより、一刻も早くこの場を離れることばかり考えていた。男は黙り込んだまま与一の動作を追っている。挨拶をする機会を窺いながら、何かの折に顔を上げてしまっても、男と目を合わせないようにしていた。

「そのツラでわしを嫌うか。ふっ、ふっ、小癪《こしゃく》な。そのツラで、な。言うたる。西駒よ、あんたは女を断っているな、血が恐ろしいのか？」

老人は、薄嗤いのままそう言った。与一は何を言われたのか分からない。男を避けたい気があったのは確かだが、その後の言葉が解せない。男が何でそんな話をするのか分からない。

「それに蓋をしてもわしの目は胡麻化されない。又四郎を気取るつもりか？　又四郎も女を断った。トジの身から抜けようともがきもした。お？　その顔では又四郎を知らんな。あんたと同じ生業だ。教えてやる。西駒はあんたの三代前、いや、四代前か……ヤヒコと言う男がいた。その男が思いがけないお宝を手に入れて片桐に喰い込んだ。そいつは計算の出来る鬼だ。鬼がバカでは話にならない。そいつには危ない話が多い。わしらの仲間は、どこかで誰かが網の目を繕っているから面白い話はいつまでも消えない。西駒には愚かな善人の血はないはずだ。ルーツが色と欲に塗《まみ》れた鬼だからな。若造の方は愚か過ぎて話にならない。わしは愚か者が嫌いだ」

老人はそう言って湯飲みに残っていた酒を一気に飲み干した。

与一は唖然《あぜん》としたまま老人の顔を見た。与一の知らない曾祖父か、その前の男の話が出たからだ。

女将さんが酒を運んで来た。青ざめた顔で徳利を座卓に置くと、老人はそれに手も触れず、

「酒がぬるい」と怒鳴った。言いがかりだ。

老人は与一からそれを感じたのか、

「そのツラ見とぅもない、去《い》ね」と言った。

与一はほっとした。顔の傷はこんな修羅場でさえ使えた。いや、この傷が似合うのは修羅場なのだろう。

案の定、質の悪い酔いに眠りを邪魔され、起きて何度も水を飲んだ。吉野清二と名乗ったあの老人は何者なのだろう。初めて会った男の言葉をすべて真に受けたわけではないが、彼は与一が驚くことを何度か言った。順一の女癖の悪さで生じたトラブルを処理するために訪れたのに、老人が口火を切ったのは別のことだった。この街の土地にまつわる因縁話から始め、順一

がその土地で、外国人相手の簡易宿泊所を建てる業者の尻馬に乗って浮かれていると言った。初めて聞く話だった。三、四代前の曾祖父らしい人のことも言っていた。父からも聞いたことがないその名前がヤヒコであり、その男は色と欲に塗れた鬼だったと言う。作り話に違いないと思っても、吉野が言う男には不思議な実在感があった。

吉野は片桐鶴子さんを知っていた。これは、西駒が世話になっている家なので、与一に揺さぶりをかけ、反応を見ただけなのか。そうだとしたら女将さんからたしなめられた時の狼狽ぶりが解せない。吉野も女将さんも、片桐さんのことを詳しく知っているような口ぶりだった。だが、そんなことはどうでもいい。継母の加代が、代わりのものに指を詰めさせると言ったことが、いつまでも与一の眠りを妨げていた。

明け方、――お父ちゃん、泣かんでもいい。顔の傷など大したことではないから。ほら、僕、目も耳も、鼻も口もやられていないよ。大丈夫、きっと強い運を持っているんだ。入院していた父にそう言ったことが不意に思い出された。父を悲しませたくなくてそう言った。僕は大丈夫。何度も何度もそれを繰り返し、与一はようやく昨日起こったことから解放されて眠りの中に落ちて行った。

駅

片桐鶴子《かたぎりつるこ》は京都駅に隣接する中央郵便局のロビーの椅子に座り、本庄静江《ほんじょうしずえ》が来るのを待っていた。十月の第一金曜日午後三時。本庄静江が手紙で指定した日時がここだった。静江の申し出をそのまま受けなければならなかったのは、二枚目の紙に記されていた電話番号は、何度かけても繋がらず、届いた手紙には旧姓の名前が一つあっただけで、婚家の住所も名前もなかった。鶴子側からの連絡は絶たれていたのだった。

手紙にあった本庄健一郎の合祀・合葬に関わるために静江と会うわけではない。他家に嫁いだらしい静江がどういう状況であれ、鶴子はそれと関わりを持つ立場ではない。ただ、昔縁のあった人の訃報を知らされた以上、香典を渡さなければならないと思った。お祝い事と違い訃報の連絡は次がないので、時期を逃せば負い目が出来る。本庄静江は鶴子以上にそう言う仕来りを守っているはずだ。

郵便局の中は暑かった。彼岸過ぎに一度涼しくなったが、台風が近づいているせいか、夏を思わせる蒸し暑い昼下がりだ。袷《あわせ》の時期に入っていたが袷に袖を通せる気温ではない。単衣《ひとえ》にしてよかった。

頭の中も蒸れて来た。人の多い所に出かける時には必ずつける白髪の鬘《かつら》が、額や首筋に当たりチクチクしている。不快を我慢しているせいか時間がなかなか前に進まない。約束の時間にはまだ三十分もあった。待たせてはいけないとそればかりが気になり早く家を出過ぎた。

揃いの制服を着た修学旅行生らしいグループが郵便局の中に入って来た。中学生の男の子たちだ……紺のズボンに白い長袖のシャツ。あ、襟とカフスに紺の筋が入っている。あの学校と同じだ……。鶴子は急に胸が騒いだ。五人の男の子の顔を一人ひとり見詰めた。拓海《たくみ》とよく似た華奢《きゃしゃ》な子供がいた。あぁ、拓海は行くことが出来なかった修学旅行に来ている……拓海、姉ちゃんはここ。思わず立ち上がりかけた。だが中学生は郵便局を通り抜けただけで出て行った。

何を見てしまったのか胸のざわめきが鎮まらない。

読みかけの文庫本を食卓の上に置いたまま家を出たのを思い出した。持ってくればよかった。それを読んでいればあの中学生の一群にも気づかずに済んだ。『怒りについて』。鶴子の中で理不尽だと思うことが暴走し始める時にはこの本を読む。何回も何十回も読んだのに身につかないのでその都度読み直す。今日のように、本庄静江からの「不均衡」な呼び出しを受けて待つ時こそ、読まなければいけない。

駅

駅に来たのは何十年ぶりだろう。ことに、駅で誰かを待つなどあの日以来一度もなかった……。あの日、と出来心のように呟《つぶや》いてうろたえる。本庄静江からの手紙を見るまで、あの日があったことなど思い出したことはない。今この場所にいても、一向に進まない時間と、鬘の不快さばかりが気になり、あの日のことなどどこにもない。鶴子ばかりか、駅も郵便局もあの日を忘れている。何十年か前に改装されたらしい駅も、郵便局も、様変わりし、よそよそしいものがあった。

辺りを見ると不思議な空気が郵便局の中に満ちている、何だろうと思った時、気がついた。この郵便局の中にある少し浮いた華やぎ。おめでたいことがもたらすのどかな弛み。

元号が替わり、新しい天皇が帝位を継ぐ儀式を待つばかりだった。即位記念のコインが鳴り物入りで市場に出、近々郵便局で記念切手が売り出されるので、人々の上気した気分が前のめりに郵便局のそこここに漂《ただよ》っていた。

鶴子が天皇の即位式を見ることになるのは平成に次ぎ二度目だ。昭和の即位は知らないが、昭和天皇が京都での即位式のあと、東京・代々木練兵場で愛馬吹雪丸に乗り、羽根飾りのついた帽子・陸軍正装の軍服に身を包み、「大閲兵式」に臨んだ時の、「大元帥陛下御親閲」とある絵葉書を何度か見ていたので、昭和天皇が軍を指揮する生き神であったことは知っていた。大元帥陛下とは軍隊の総司令官なのだ。

いけない、この空気に触発され、何かを思い出してしまいそうで目を閉じた。今の鶴子とは無縁のことが現れて来そうで恐い。無縁のことなら恐れることもないのに、そう感じてしまったのは、どこかに隠れた記憶が漏れ出てくるのを察知したからかもしれない。記憶はどこかに温存されたまましぶとく残ると聞く。

いや、記憶の正体は忘却である、と何かの本で読んだ。忘れるのが記憶の宿命だから、厳密にはそれを思い出せない、と。ほっとしたのも束の間、別の本では真逆なことが書いてあった。記憶の正体が忘却であるはずはない。おそらく、陽炎《かげろう》のような記憶しか持たない者にとっての引け目がそれを言わせたに違いない。忘却に搦《から》め捕《と》られる記憶など記憶の内には入らない、と。

すると、忘却派が反論した。

見たくない、忘れたい、私も忘れたあなたも忘れた。だからあのこともこのことも陽炎の向こう側にそっと置いておきましょう、誰もが傷つかずに誰をも傷つけずにいられる心優しい褥《しとね》が忘却。

それは違う、と。

記憶の正体は忘却ではない。ことに過酷な記憶は刻印となる。泣いてはまな裏に現れ、わが身に憤怒や絶望をもたらし、笑えば不意に足をすくって行く末を断つ。逃げても留まっても少しも歪まず複写のように貼り付く実在。それが記憶――。

応酬される言葉の一騎打ち。それぞれに言い分はある。だが今は、ほっとさせてくれるだけでいいではないか、と陽炎の向こう側に逃げを打つ。

鶴子は目を開けて腕時計を見る。ようやく三時五分前。本庄静江はもう来る。時間通りに来る。それが静江の揺るぎのない生活信条だ。

凭れていた椅子から背を離し座り直す。

約束の時間に静江は現れた。気づいたのは鶴子が先だ。痩身の健一郎と同じ体型をしていた。ハンドバッグの他に黒ずんだ重そうな荷物を二つ持っている。静江は郵便局の中を見渡し、怪訝な顔をしている。当然先に来て静江を待っているはずの堀越鶴子がいない……。鶴子は二、三歩前に出た。

「静江さん、堀越《ほりこし》鶴子です」どういうわけか片桐鶴子とは言えなかった。

「えっ？　あ、鶴子さん？　すっかり変わって……もうどなたか分からない」

「えぇ……ご覧の通りです。静江さんは昔のままなので、すぐに分かりました」

「いやね、時間だけは平等に過ぎますよ」

それが再会の挨拶だった。

空けておいた鶴子の横の椅子に静江は座った。

「何なのかしら、この暑さは」

静江はそう言ってハンドバッグの中をまさぐり、中から小さなタオルを出した。元の色は原色の黄色だったに違いない。タオルは何度も洗濯を繰り返したらしく、所々繊維のほつれが見えた。

だが、暑いと言ってタオルを出したのに、静江は汗をかいてはいなかった。着ているレンガ色のブラウスには、どこにも汗の滲《にじ》みはなかった。

静江は汚れた黒い鞄を一つ鶴子の足元に置き、ハンドバッグともう一つの鞄を膝にのせて、京都はまだ夏ね、と腕時計を見た。

鶴子の足元に置かれた鞄から、単衣を通してふくらはぎの外側に冷たい感触が伝わる。陶器を肌に当てた時の、冷やりとした感触だった。あ、静江はここに来るまで、どこか冷房の効いたところで時間待ちをしていたのか？

左足から少しずつ這い上がる冷気。その時、思いがけないものが不意に現れた。そうだった、本庄静江はそれをする……。

鶴子の足に伝わった冷気が静江の習性と重なる。人の性癖、行動はそう簡単には変わらない。静江には静江の、鶴子には鶴子の他者に対する異なる作法があった。あの時も、鶴子は暑さの中で静江が来るのを待っていた。

腕時計に目を留めたあと、話を始めない静江の奇妙な沈黙を量りながら、鶴子はあの暑い昼下がりを取り戻す。あの日も、ただただ暑かった……。

かつて鶴子は静江とは二度会っている。一度目の出会いは簡単な自己紹介だけだった。本庄静江と弟健一郎はよく似ている、と感じただけだ。

姿かたちが似ているだろう？　双生児になり損ねた異質な同胞だよ、同じ年の一月三日に姉が生まれ、暮れも押し迫った十二月の末に弟が生まれた。健一郎はそう言って姉を紹介した。場所は、健一郎が暮らしていた熊野寮近くの喫茶店だった。

静江の作法をそこで知ったのではない。次の日、静江は四条烏丸《からすま》に近い交差点で鶴子と会う約束をした。弟抜きで少しあなたと話がしたいから、と言った。鶴子の行ったことのない交差点だったので、早めにそこに行った。

この街の夏の暑さは容赦がなかった。その日、盆地は朝から油照りの不快な熱が籠もっていた。静江の目に留まるようにと風のない交差点の角で立っていても、静江はなかなか来なかった。待ち合わせの時間が過ぎていたわけではない。約束の時間にはまだ数分間あった。あと少し。静江は汗もかかずに時間通り現れた。

数日後、鶴子は本屋でアルバイトをするため、その交差点の角にある店で面接をした。鶴子が静江を待っていた所が手に届くように見えた。本庄静江はこの本屋で堀越鶴子を見ていたことが分かった。約束の時間に一分も遅れずに、街全体があの熱籠もりの中、汗をかかずに交差点に来ることが出来たのは、そこで時間潰しをしていたからに違いない。堀越鶴子がそこで待っているのを知っても、時間通りに行けば問題はない、と。本庄静江は、それの出来る人だった。厭なことを思い出した。

本庄静江は変わらない、と思った時、タオルを握っていた静江の手を見てはっとした。握り拳に出来た骨の山脈は硬く尖って連なり、その骨でシミが浮いた手の甲の皮膚を突き破りそうな荒々しさがあった。そこから目を逸らすと、静江の履いている靴が見えた。正式な布製の代わりに、いつの頃からか仏事にも使われるようになった飾りのない黒い革靴だった。手入れのされていない靴は革そのものが劣化して形が崩れ、そこにも足の指の骨が瘤《こぶ》となって突き出ていた。本庄静江の生活は大きな様変わりをしていた。

静江は腕時計に目を当てたまま、ようやく話を始めた。

健一郎は懲役四月、一年間の執行猶予を言い渡された後、行方が分からなくなっていた。死んだと思っていたのに、あちらこちらに漂流して最後は沖縄で二年暮らし、その間漁師の手伝いをして海に潜っている時、古船のスクリューに腹を抉られて死んだのだと。

淡々と話すその口ぶりで、静江にとって突然舞い込んだ弟の死は、弟がすでに他者であり、今の静江に何の情感も与えず、ただ新聞に載る数行の死亡報告を伝えているのを思わせた。実の弟から迷惑を掛けられた血族にすれば、それだけの冷淡さで距離を置かなければいられないのだろう。

「スクリュー、ですか、死因の凶器は」

鶴子は健一郎を庇う精いっぱいの禍々《まがまが》しい言葉を使った。そう言わなければ時効はとっくに済んでいるのに、不慣れな漁師をして逃亡生活を続けた健一郎が憐れに思えた。

「血を見せなければ収まらないのよ、最後まで。こそこそ隠れた末のみっともない死に様《ざま》よ。身の丈にないことをやった報いだわ。こんな形で帰らないで死体が上がらない方法で死んでくれたらよかったのに。帯刀を許された本庄の家から縄付きを出すなんて」

帯刀を許された、と言った時、静江の声は震えた。お上から賜った名誉は、戦後の教育を受けた静江の中で生きていたのを知って驚いた。

お上が関わることの最後は身内にいなされて終わる……血縁者が最後まで庇うとは限らない。鶴子にも憶えがある遣り切れない思いが過った。

熟れて裂けた柘榴の真っ赤な粒が健一郎の躰から弾け、海の中で血汐となって溢れている。本庄健一郎は生きたかったように死ねたのだろうか……もしそれが真実なら、生と死の間に歪みのない生涯だった。

「最初は大目に見ていたのよ、流行病に罹っただけだろう、卒業すれば止む、とね。私がお目つけ役で京都には何度も行った。でも、ノンセクの健一郎が渋谷で捕まり、中核派のあなたが無傷のまま名家に入り込んで生き延びるなんて、思っても見なかった」

「えっ？」鶴子は静江から何を言われたのか分からず訊き返した。

「あ、気にしないで、もう済んだことだから」

静江はそう言うと腕時計から目を離し、「あ、来たわ」と立ち上がった。

髪を紫色に染めた中年の女が勢いよく自動ドアから入って来た。女は静江を認めると片手を大きく振った。静江が郵便局の中に来て丁度十五分。女の現れたタイミングは、その十五分があらかじめ計算されていた時間内であったことを思わせた。

静江はハンドバッグと膝の荷物を持ち、女に向かいかけた。静江の義理の姪だという女に挨拶をしなければならない。鶴子も椅子から立ち上がった。だが、静江は無表情のまま首を横に振った。

鶴子ははっとして辺りを見廻した。本庄健一郎の姉、静江との接触を誰かが見ている。静江はそれを鶴子に知らせているのだと思った。だが、そうではなかった。

「あ、そうそう、鶴子さん、結婚祝いをお持ちしましたよ」

静江は鶴子の足元に置いてあったもう一つの鞄に視線を投げた。

「えっ？」

「遅ればせながら、結婚のお祝いです」

静江はそう言うと唇を引いて笑った。少しつり上がった静江の大きな目は笑ってはいない。

「じゃあ、ごきげんよう」静江はそう言い、連れの女と一緒に郵便局を出て行った。

荷物が一つ減っただけで人の動作はこんなにも違うのか。静江の後ろ姿は颯爽とし、その姿は、あらゆるものから解放された時の門出を思わせた。

静江が結婚祝いだと置いて行った鞄を空いた椅子に置き、腕時計に目をやった。静江がここに来てからまだ十七分しかたっていない。その間何が起こったのだろうか。手紙に書いてあったことを繰り返しはしたが話らしい話はしていない。合葬のことはどうなったのだろう。あ、香典を渡してない。それに気がつき膝に置いたハンドバッグの中をまさぐった。渡し損ねた香典袋が袱紗に包まれ、水引の断ち目が目打ちの先のように指に当たった。

郵便局の中は人の流れが増え、静江が置いて行った鞄を忌々しそうに睨む人がいた。すみません、と小声で言い、鞄を膝にのせた。所々擦れが目立つ、使い古したビニール製の黒い鞄だった。

静江が結婚祝いだと置いて行った鞄は重かった。締まりの悪いチャックから繊維の白い房がほんの少し零《こぼ》れていた。香典の水引が指の先に残っていたせいで、息が止まりそうになった。隣に座る人がいなければ鶴子は危うくそれを落としたかも知れない。

チャックを全開にして中を確かめようとしたが、躰が強張って一本の指も動かない。

静江さん何故これを私に？

――ノンセクの健一郎が捕まり、中核派のあなたが無傷のまま名家で生き延びるなんて、思っても見なかった。

「静江さん、それは違う、違います」鶴子は言った。思いがけない大きな声だった。隣に座った人が弾かれたように席を立った。

いつものひとり言。落ち着け、ここは離れではない、と言い聞かせて何度も深呼吸をし、躰から緊張が解けるのを待った。

耳を澄ませると電車の到着を知らせるアナウンスが聞こえた。どのアナウンスも到着を知らせるばかりで出発を知らせるものではない。そうだった、鶴子にとってこの駅は到着を待つだけの駅だった。いつまでたっても来ない人を待つ心細さと、理由も分からず追われることになった二十歳の鶴子が、怯えながら身を縮ませていた恐ろしい場所だった。

いつの間にか呼吸は深く穏やかになった。静かだ。もう立てるだろうと思ったのに、とりとめのない絵が次々に現れて鶴子を引き留める。

ロビーの中を見知らぬ人たちが交差している。あの時代のいろいろな人がいた。青白い顔で唇を噛む初老の女。老いて初めて取り返しのつかないことに加担した昔に責められている。十五、六で世間に出された子供や、おどおどしている青年の一群が、郷里の親に送る現金書留の袋を買っている。彼らの祖父、父は、郷里からはるかに離れた異郷の地で、樹木大地の肥やし、海洋生物の餌となって死んだ。

着物を着て大きな風呂敷包みを背負った中年の女が、一枚の紙をひらひらさせながら誰彼に何か訊いている。人探しでもしているのだろうか。女を見るともなしに見ていると、女の背後から日暮れのうす闇がゆっくりと迫る。もうそんな時間なのか……。

とりとめのない表層の絵の奥にぼんやりと何かが見える。暗い道を、自転車を押しながら鶴子が歩いている。高校の制服のジャケットとひだスカートは泥に塗れ、靴は片方しか履いていない。鞄は自転車の前かごの中で折れている。鶴子は自分の身に何が起きたのか分からないまま、性器の痛みを堪えながら自転車を押し続けた。自転車に乗った若い男の執拗な追立ては、鶴子を廃屋となっている錨《いかり》小屋に追いつめ、男はそこに鶴子を引き摺り込んだ。男は小屋から出て行く時、洲崎《すざき》の兄《あに》ぃから言われたからな。学生証は貰っとくよ、これを見せなければ兄ぃにやったことを信じてもらえないから、と言った。

醤油の匂いが立ちこめた家に帰り下半身を洗った。二階に上がり、布団を出して横になった。弟の拓海《たくみ》が、姉ちゃん、どうしたの、と聞いた。拓海は繊細な神経の子供だ。いつもと違う鶴子の様子で何かを感じている。何でもない、何でもないから。そのあと鶴子は堪え切れなくなって泣き続けた。何が自分の身に起こったのかようやく分かった。

堀越鶴子は東京湾に面した荒川と隅田川に挟まれた中州の町で生まれた。そこは、湾に出入りする様々な船の油の匂い、船休の塗料の匂いが、濃い塩の匂いと共に鶴子の住む家を覆っていた。

鶴子の家は佃煮屋《つくだにや》だった。東京湾や房総で獲れるハゼ、アサリのむき身、貝の紐、小女子、アミなどを大きな鉄なべで煮、家の中はいつも醤油の煮詰まった匂いがしていた。父と母は仕事場と住居を兼ねたそこで使用人を雇う余裕もなく一年中働き、何軒かの小売店に佃煮を納めていた。鶴子は家事をし、手が空けば仕事場の佃煮作りを手伝った。

鶴子、風呂を洗いなさい。ご飯を炊きなさい。椎茸と昆布をもどしなさい。小女子を袋に詰めて。早く。母の苛立つ声を聞きながら階下に行った。拓海と違って母は鶴子に何があったのか気がつくこともなかった。

鶴子が見知らぬ男に暴行を受けてからひと月たった。鶴子は誰にも言えず、毎晩泣いていた。同じ部屋で寝る拓海は、鶴子に何度も、姉ちゃん、どうしたの、と声を掛けたが鶴子は何でもないと言い続けた。

それからまたひと月近く経った。中学二年の弟拓海が荒川に入って自殺をした。何が理由で死んだのか誰にも分からなかった。初七日を待たず、両親は仕事場のシャッターを閉めたまま佃煮を作り始めた。佃煮屋の多い地域だったので小売店からの注文を断ると後がなかった。

思いもかけない拓海の自殺で鶴子は呆然とし言葉を失った。弟が毎晩かける優しい言葉を拒否していた自分のせいかも知れないと思った。拓海は泣いている鶴子をおどおどしながら気遣う優しい子だった。

弟を自殺にまで追い詰めた本当の理由を鶴子が知ったのは忌明けの後だった。拓海の机の抽斗《ひきだし》を整理している時、鶴子の学生証が出て来た。鶴子を暴行した男が持ち去った物だった。何でこれを拓海が持っているのか。

鶴子が通う高校の友達から思いがけないことを聞かされた。学校帰りの拓海を待ち伏せして嫌がらせをしていた中年男がいたと。それが毎日続いたので男が拓海にかける言葉も周りの人の耳に入っていたと。

——佃煮屋のボクちゃん、教えてやろう、あんたの母親は鬼だよ。その母親も鬼だ。二匹の鬼が荒川の上流の村で何をしていたか知っているかい？　村の女たちを扇動して鉄砲玉に当たる男たちをかき集めていた。兵役から逃れたいために鉈《なた》で指を一つ落とした若者や、血を見るのは恐いと言って木に登り、落ちてあばら骨を折った男を何と言って罵った？　頭数が減った、私の家の立場はどうなる、とな。あんたの母親の家が、神社の氏子総代だったから、小娘だったあんたの母親もばあさんと一緒になって赤紙逃れを出すまいと血眼《ちまなこ》になっていた。あんたのとこだけではないよ。村の女たちは男たちの前に出ると神妙な顔をしていたが、裏ではいつもあっけらかんとしていたな。

負け戦が終わると若い方はいつの間にか村から姿を消した。ボクちゃん、あんたの母親のことだよ。まさか下流の中州に逃げ込んでいたとは。永代橋であんたの母親を見かけた時はびっくりしたな。俺はもう何が何だか分からなかった。兵隊の時は思ったこともなかったのに、本気で人を殺したいと思ったのは戦争が終わったあの時だ。ボクちゃん、俺のこの躰を見て何も思わないか？　指一本どころかひざ下が吹き飛ばされた。ほうれ、この足、よく見て置け。役人の手先となって人狩りをした、あんたの母親とばあさんにやられたんだよ。

洲崎で風呂屋の釜たきをしていた男が、学校帰りの拓海に近づきいつもそう言った。

洲崎？　鶴子は訊き返した。洲崎の兄ぃ。鶴子を暴行した男はそう言った。えぇ、刑務所を出たり入ったりしているあの辺りの札付きらしい。男は、拓海の下校時を狙い、躰を揺らしながら近づくと、拓海が泣き出すまで何度も繰り返してそれを言う。拓海は男が近づいただけで怯え、荒川に入る前には路地に連れ込まれて、これを返してほしければ、僕の母は人殺しだと言え、と怒鳴られていたって。拓海君は何を返してほしかったんだろうってみんな言っているけど、堀越さん、分かる？　いいえ。鶴子はそう答えたが震えていた。

釜たきの男は怒りを溜め込んでいたらしい。足の怪我さえなければあれも出来たこれも出来た、元の足を返せ、空襲で焼かれた親を、家を返せ、と拓海君に言ったって。可哀そうに拓海君は男の前ですいません、と言って泣いていたって。拓海君は男にとって手ごろな憂さ晴らしだったのよ。昔も今もおっかなくてお上には逆らえないからね。何人もの人がそれを見ていたけど積極的に止める人はいなかった。釜たきの男の言い分が腑に落ちるところがあったからだって。戦争の話を持ち出して関係のない子供に八つ当たりをする大人たちって何なのかしら。そう言ったら説教されたって。昔から言うだろう、苦汁を飲まされた者はさらに弱い者を狙い撃ちにして意趣返しをするもんだ、と。親や世間が子供に強くなれ、と言うのは、権力のあるお上にやられるな、と言うことではない。お上に逆らったらどうなるのかみんな知っている。僻《ひが》みの強いスネ者から身を守れ、との戒めだって、そんなことまで言い出す人もいて。堀越さん、私たちこんな大人の中で暮らしているのよ。

それを聞いた鶴子の衝撃は大きかった。鶴子が若い男から受けた暴行はたまたま起こったものではなく、洲崎の男が仕組んだことであり、男はさらに拓海に近づいて拓海を攻撃していた。拓海は鶴子の学生証を男から取り戻すために男から虐め抜かれていたのだ。あの時、鶴子が暴行を受けたことを警察に届けていれば、洲崎の男は拓海にまで手は出せなかったはずだ。鶴子の意気地なさが洲崎の男をつけ上がらせ、学生証を拓海に見せて何があったのかを言ったのだ。

――姉ちゃん、学生証は取り返したから大丈夫、もう泣かないで。僕はもういい。あいつらに二度と姉ちゃんを傷つけさせないためにはこうするしかない。

拓海ならそう考える……。

自分が受けた理不尽な暴行と弟を死に追いやったのは母のせいだと思った。母は国の愚策に沿った醜い生き方をした。鶴子も拓海もその被害者だ。

家を追い出されても結構だ、高校中退で働く。そう思って拓海が川に入った理由を母に言った。だが鶴子が暴行を受けたことはどうしても言えなかった。卑怯に走っただけでもない中学二年の拓海が守った姉の受けた辱め。拓海はそれを親にも言わずに死んだ。鶴子が母にそれを言えば拓海が考えた精いっぱいの抵抗が無駄になる。

――荒川の上流の村で何をしたの。拓海はそのとばっちりで殺された、と。母はうろたえ泣くだろうと思った。だが、母の反応は思いもかけないものだった。

――戦争を知らない鶴子に何が分かるの？　あの時は誰もがお国の言う通りに動いていたのよ。女たちは、出征祝いの膳を作り、旗を振って送り出した。えっ、無理やり従った、心の内では泣いていた、って？　確かにそう見えるね、今から見れば。そう言っておかなければまずいもの。でも、必ずしもそうではなかった。

前から分かってはいたけど、鶴子にはどうしようもない馬鹿なところがある。計算が出来ないところもそう。よく考えて、人口の半分は女でしょうが。その気になって女たちが抵抗していたら、男は手出しが出来るの？　まぁ、見せしめで何人も殺されるでしょうよ。でも、男を出すのは真っ平だ、戦争は止めてくれ、と村や町で女たちが座り込めばお上は肝を潰すはずよ。

鉄砲玉がなくなるのを恐れるから。だってそうでしょう？　女には補充の力が備わっていて、次々鉄砲玉を生み出せるもの。男たちが考える女の役はそれだから、それを放り出して座り込めばどうなるの。

言っとくけど、当時、お上に盾を突いて一緒に座り込むことを考えたり、実行したりする女たちがいたわけではないのよ。わが子を鉄砲玉にしたくなければ、代わりに自分がそれをすればよかったのに。それればかりか、戦後、女たちはだんまりを決め込んだ。中には自分は反戦主義だったと青臭いことを言って世渡りをする女まで現れた。冗談じゃないわ、当時の女たちが何を考えていたのか私はみんな知っているのよ。新聞だって女たちが家を放り出し全員が座り込みをしたらそっちに動く。だけど女たちはそれを選ばなかった。そこを考えなさい。みんなそんなことは針の先も考えはしなかった。それればかりか自分に出来ないことをやる女を容赦しない。何故だと思う？　母親、娘、姉妹として当然あるはずだと思われていた何事かを、量られるのを恐れたからでしょう？　その何事かに優劣をつけられるのを恐れていたとしか思えない。

何事かって何？　あ、鶴子にそれが分かっていなければ話は続けられない。女だけのことではないけど、簡単に言えば、国に精神を売り渡せるか、の問題。男は国のためにと言う名目で命を捨てた。子だくさんの農家、月給とり、工場の労働者、市井の隅で誰からも相手にされずに生きていた男が、ある日を境に周りから旗で見送られ、挙句、国のために潔く散ったと、神に祭り上げられた。あの当時の女は何人も子供を産んだ。それまで、子供を産んだだけで誰からも特別に言葉をかけて貰ったことはないのに、戦地に出した子供が死ぬと、銃後の母、軍神の母だと崇められた。生きて帰れば無言の袋叩きにあった。これは効いたのよ。どちらも銭の世界の話ではなく、精神の世界に切り込まれた。

お上の考えるやり方がこれ。日本にはここに誘導する幻の歴史があった。実証の出来ない個人のイエの来歴も利用された。そのイエの持つ旨味を知っている男たちは徹底的にそれを使った。今なら何とでも言えるけど、女たちはお墨付きの美談に逃げ込んだだけよ。そこが一番居心地がいいのを知っていたから。

――嘘？　心の中では抵抗していたって？　洗脳されてしまったって？　誰に？　へぇ、そんな言い訳を戦後生まれの鶴子まで信じているの？　三百万人以上が死んだあの戦争は、あらゆる人の合意を取り付けなければ出来っこないでしょう。程度の差はあったけどみんなが協力して成り立った戦《いくさ》だったのよ。それもかなり能動的に。

――不服そうね、それならきちんと勉強をしなさい。教科書や新聞が本当のことを書いているなんて、思ってはいない。教科書ですら嘘を書く。

鶴子は呑み込みが悪いからもう一度言うわ、よく聞きなさい、誰でも一番大事なのは自分。

子供や夫、兄、弟を差し出せば名誉と言う見返りがあった。国を守るために潔く散りますと言えば、愛国者のお墨付きを与えられた。無抵抗にしていれば非国民の汚名は免れた。誰もが自分の立場と天秤にかけたらお上の申し出とうまいこと釣り合った。それに、不思議だけど、あのお達しには気持ちのいい昂揚感みたいなものがあった。悪い奴をやっつけるために戦っているのは、信じられないほどの悦びを連れているものなの。

——釜たきの男？　拓海が酷い目に遭わされたのは誰のせいだ、って？　母ちゃんを責めたら気が晴れる？　鶴子、考え違いをしては駄目。あの時、多くの、いいえ、母ちゃんが知る限り、すべての女たちは誰もが声を上げることをしなかった。声を上げた人を徹底的に憎んで潰した。抜け駆けをしそうな家を見張り、それが起こるとその家を血祭りに挙げた。当時はそれが正しいことだったからよ。ばぁちゃんと私は、女たちのそれを察して、正しい旗を振っていただけよ。それのどこが間違いなの。

それと、一番大事なことを言ってあげる。鶴子たちは暇さえあれば平等、平等と言うけど、あの時代ほど平等が徹底していた時はなかったのよ。私の夫にも、あなたの夫にも赤紙が来た。子供も同じように取られた。着るものはモンペ、食べるものも隣組ほとんど同じようなものを食べていた。不平等なんて一切ない完全な平等社会だったのがあの時だった。それに比べて戦後はどう？

戦前は自由がなかったって？　馬鹿ね、束ねられていれば何の不都合もないし、そこから外れてひとりにされた時の恐さしか思いつかない人間だけがいた時代よ。平等も自由もその時々で使い勝手が変わるものでしょう？　あ、変わらないものもあるね。女たちの考えは戦争が終わっても変わらなかった。本当にあの戦争に懲りていたのなら、何故、戦前の影を引き摺った胡散臭《うさんくさ》い男たちやその子供たちが選挙で当選するの？　選挙権を使って、男どもに任せたら何をしでかすか分からないから女が見張る、と何故言わない？　人口の半分は女なのに。これで分かるでしょう？　あの戦争は女に何も、一つも、勉強の材料を与えなかった。勉強して変わることなど女たちは望んでいないからね。

拓海は新しい戦《いくさ》の流れ弾に当たって死んだのよ。戦に流れ弾はつきもの、どこに苦情を持って行けるの？　右か左か、どこから流れ弾が飛んで来るのか分からないご時世だもの。でも、今はどっちにも転べる。その時々で転び甲斐のある方に転ぶ。それが拓海の供養にもなる。鶴子もそうしなさい。周りを見て大きな流れに乗るのよ。どうせ、似たようなことが繰り返されるけど、変わり身の早さだけが身を守るから。

その時の母は拓海に対する負い目も口にせず、信じられないほど自己肯定が強かった。

鶴子は洲崎の男が企んだ卑劣な暴行を母に言わないでよかったと思った。中学二年の拓海でさえ親にも言えない姉が受けた屈辱だった。それを鶴子が言ってしまえば拓海の思いが無駄になるばかりか、母は、鶴子が負ったのは流れ弾のかすり傷だ、と言うだろう。

拓海の死で生じた負い目を母に転嫁出来なかったばかりか、母は鶴子の知らなかった考えを持ち、それが砦となって根を張っていたのを知った。言葉が返せなかった無力感と、母の微動もしない考えを憎み、敗北感だけが残った。

この家にいる限り、拓海ばかりか鶴子も、母の揺るぎない言い分に苦しめられる。亡くなった拓海を連れてこの家を出なければならない、と真剣に考え始めた。高校二年の夏休みを皮切りに、冬休みも春休みも新宿のレストランで働いた。その店で同じ高校を卒業した先輩がアルバイトをしていた。先輩は一浪して早稲田大学に入り、鶴子にも進学を勧めた。一浪して入学金を稼ぐか、二部に回るか考えればいい、と鶴子の家の事情を察して言った。高校を卒業したらすぐに家を出て働こうと思っていた鶴子は、そうまでして何故学歴が必要なのか訊くと、先輩は呆れたように、選ぶ職種が広がるでしょう、と短く言った。あ、学歴が必要なのはそう言うことか。

母から呑み込みが悪いと言われたように、鶴子が何かを考える時、見えるものはたった一つだけだった。これはこうだろうと思えること以外、周囲はいつもぼんやりした昏《くら》さにつきまとわれ、視界そのものが圧し縮められているのを感じていた。それは、一を聞いて十を知る聡明さとは真逆のものだった。一は〻のままだから、大学は勉強だけをするところだと思っていた。

先輩の話す大学が仕事選びの可能性を担保する場所でもあることを知り、その時まで思いもしなかった大学が急に身近なものとなった。先輩の六畳の部屋に居候をし、年齢を誤魔化して働いたが、真面目に働く先輩のおかげで問い質しもされなかった。長い休みが明けると家に戻り、必死で勉強をした。あの時ほど真剣に勉強をしたことはない。

先輩は鶴子が現役で入ることに拘っているのを知り、受験する学部の専攻科目を助言してくれた。隙間が多いのは地方私大の文学部哲学科。そこで頑張って教員免許を取る。家から離れたところに行きたかったので、地方に気持ちが動いた。目指した学校があったわけではない。母から離れた場所、それが一番の目的になっていた。当然、国立大学が受かる学力はない。京都の同志社大学文学部哲学科が入学を許可した。それも欠員のために滑り込めたのだ。だが、家族経営の佃煮屋の家には地方の私学に通わせるだけの余裕はなかった。父は、これだけだ、と言って鶴子にお金を出した。拓海の将来のために蓄えたお金で、入学時に必要な十二万円の半分だった。働くことに馴れていたせいか、アルバイトを続ければ何とかなる、そう考えて京都に来た。

その考えはいや応なく鶴子の生活を支配し、鶴子は学校には行けないほどアルバイトに時間を取られた。

朝六時から九時までパン屋。十一時から二時まで蕎麦屋。週三日、五時半から九時まで居酒屋。昼は賄いがついたところを探したのでどうにか食べられた。夜は時間給がよかったので辞められず、そのスケジュールをこなさなければ、学費どころか下宿代も生活費にも事欠いた。

入学した年の翌年五月に、堀越鶴子は大学に講義登録に行き、キャンパスの中で迷子になってしまった。事務所の建物は憶えていたはずなのに鶴子の記憶にあった建物はどこにも見当らなかった。事務所ばかりか文学部も図書館も、どこかにあったはずの食堂も場所が分からなかった。それが夥《おびただ》しい立て看板のせいだとも気がつかなかった。

見知らぬ建物の周りを歩き疲れて、自分が何故この場所にいるのかそれすら分からなくなってしまった。一年間で講義に出たのは十数回。ギリシャから始まる哲学史の数ページを開いただけで、ほとんどの時間をアルバイトに費やし、単位も取れていなかった。

強い日差しの中を、女子学生たちが小綺麗な身なりをし、翳のないのどかな顔で鶴子の前を通り過ぎた。学生たちの穿《は》く短いスカートから形のよい素足が伸び、白いふくらはぎが光って見えた。どこにも翳がない。彼女たちは何と幸運な出発なのだろう。

アルバイト先の蕎麦屋の店主は、鶴子が同志社の学生だと言うと、立《りつ》ちゃんの方だろう、と言った。立ちゃんが立命館大学の呼び名であることをこの時知った。

彼女たちから目を逸らし、あぁ、五月だ、と太陽の方に顔を向けて目を閉じた。瞼《まぶた》の中は真っ白。あるのは初夏の光の気配だけ。あぁ、もしかしたら瞼の中に満ちているこの状態こそ、アタラクシアなのではあるまいか。憂いを持たず心の静謐を極上とする生き方。それを守るために、隠れて生きよ、と。たった一つだけ覚えたギリシャの人の考え。

だが五月の日差しは強過ぎた。アタラクシア？　それだからどうだと言うの、と投げ遣りに呟いた。

これが卒業時に選ぶ職種の多さを担保する大学生活なのか。一年間で経験した職種の数は七つ。すべて食物を提供する店。大学に来ないで高校を卒業した時点で就職をした方がよかったのではないか。あの当時鶴子のいた高校には、デパート、鉄道会社、明治座、信用金庫、椿山荘などから求人が来ていた。

不意に、中退しよう、と思った。もう沢山だ、今の生活から抜けなければならない。

納めた学費を取り戻すために、誰かに事務所の建物がどこか尋ねようと思い、拡声器から大きな声が出ている方に向かった。ひとりの女子学生がマイクを持って何か叫んでいた。語尾が矢印のように尖り、言っていることの意味がよく分からなかった。その学生は鶴子と目が合うとマイクの音量を絞り、

——世界から見棄てられたそこの君、デモに来て、と言った。

世界から見棄てられた君。鶴了のことだった。その時鶴子は、自分はこの大学の学生である前に、すでに世界から見棄てられていたのだと思い知った。

鶴子に声を掛けたのは大友菊枝《おおともきくえ》。経済学部の学生で鶴子より一年上級の三回生だった。菊枝は足を止めた鶴子に、これは疑似戦争。円山公園から出撃し、祇園石段下一帯で京都初めての市街戦が行われる、とまくし立てた。意味の分からない言葉だった。

だが、——世界から見棄てられたそこの君——それが鶴子を捕えた。自分が何者なのか何で大学にいるのか分からなくなっていた時、マイクの言葉が鶴子をきちんとした場所に連れて行った。鶴子はまさしく世界から見棄てられていた。そこが立ち位置だったのだ。

大友菊枝の手招きに促されて立て看板と怒号の奥に入った。後で知ったのは、鶴子が初めて加わった集団は、新左翼と呼ばれる過激な集団だった。

鶴子をデモに誘った大友菊枝は、法学部の大友良太と学生結婚をしていた。二人の住むアパートに連れて行かれると、そこには、その年の一月、「三里塚第一次強制収用阻止闘争」で、駒井野砦の攻防戦に加わり、沼に胸まで浸かって逃げたと言う本庄健一郎がいた。彼は一浪したあと京都大学工学部に入り、その時は四回生だった。大友良太が内ゲバで追われ、彼らの隠れシンパがいる京大熊野寮に逃げ込んだ時、ノンセクで動いていた本庄と知り合った。大友菊枝から紹介された時、本庄が東京の府中出身だと言うことが分かり、鶴子は遠い所で親しい人に会った懐かしさを感じた。

当時、同志社新左翼と争いの元になっていた集団との大まかな構図も菊枝によって知らされた。立命館大学を拠点とした代々木派が「あかつき行動隊」を持ち、同志社は「同志社全学闘争委員会」を組織していた。代々木派は権力と交戦しない民衆運動の立ち位置を持っていたのに対して、同志社の新左翼の多くは過激な闘争で逮捕者を出し、のちの赤軍に繋がる集団になっていた一派もあった。

菊枝の話は何もかも鶴子の理解を超えていた。そればかりか、初めて加わったデモで、鶴子は集団で喚きながら行進する自分の姿が外側から見えてしまった。これは何？　多分その程度の違和感なのに、彼らと共に行進をしている自分が滑稽だった。

鶴子には彼らの話す言葉はほとんど理解出来てはいなかったのだから、彼らの理屈を嫌悪したのではない。ただ、集団で声を張り上げ、喚きながら行進する彼らと自分の間には、埋められない溝があるのをはっきりと意識させられた。肌が合わない、そうとしか言いようのない感覚だった。

グループごとに色分けされたヘルメットを被ってスクラムを組む彼らは違った。黒ヘルを被って階級打破の大声を上げる木庄の実家は、戦前までは府中の地主だったと言う。彼が烈しい闘争運動をしなければならない理屈は、かつての地主階級に生まれた贖罪《しょくざい》があるからだと言う。そう言う家に生まれたので相応のペナルティを負わなければならず、最前列で警察権力に鉄槌《てっつい》を与える義務があるのだと。

本庄の言い分を菊枝は陰で批判していた。本庄は血の気は多いが、階級打破の核となる血肉、飢えがない。安全なところを泳いで、いかにも躰を張って行動しているかのように見せている。ノンセクから動かないのが証拠だ、と。

大友良太の場合は、菊枝の存在が大きかったのだろう。菊枝は在日朝鮮人だ。大友良太のいた同志社此春寮《ししゅん》は、部落解放研究会や朝鮮問題に通暁した戦士が揃い、そこで菊枝にオルグされたと言う。良太は何時も菊枝の言葉に従い、二人は仲の良い同志に見えた。

夏が終わり、アルバイトの合間に大学に行くと、鶴子の知らない間に思いもかけないことが起きていた。連絡が取れなくなっていた菊枝が気になって此春寮を訪ねると、他の学生から菊枝と良太のことを聞かされた。

菊枝と行動を共にしていた大友良太は、八坂神社石段下の市街戦で逮捕された後不起訴になり、転向した。法学部にいた良太は、裁判官の「学生は春秋のある身」。と言う含蓄のある言葉に動かされた。それを知った菊枝は激怒し、良太と離婚したあと大学から姿を消した。本庄は大友良太の転向をコペルニクス的転回だと揶揄《やゆ》した、と。大友良太は行き場を失い、北山の雑木林で首をつって自殺した。

――要するに、だ。大友菊枝はマルクス経済学を妄信した視野狭窄学徒。大友良太は温情判決に涙する法学書生。二人とつるんでいた本庄何某《なにがし》は、駒井野砦で現闘小屋を建てる土木工学の猛者。家柄も頭もいい。だが、内心二人を軽蔑していたふしがある。三人とも見事に自分の役を演じていたな。ところで、たまに見かけるが、君は、何者だ？

君は何者だ？　と言われ、鶴子はうろたえた。大友菊枝から、世界から見棄てられたそこの君、と言われ、自分が何者なのかようやく分かったと思ったそこで、君は何者だ？　と言われてしまった。大友菊枝は言葉の魔術師。難解な言葉を操りながら、そこに時々詩を入れて息抜きをする。本庄がそう言っていたのを思い出した。

傷ましい結果に終わった大友良太とは別に、本庄は憑かれたように行動していた。十一月の「沖縄返還協定批准阻止」に加わる仲間と会うため上京した折、渋谷駅一帯を火炎瓶の海にした中核派の「渋谷大暴動」に巻き込まれた。そこで、大友菊枝と行動を共にした八坂の記録や、駒井野の闘争も明らかにされた。

渋谷での逮捕は「凶器準備結集、道路交通法違反、公務執行妨害」懲役四月、執行猶予一年。本庄健一郎に科せられた罪状、刑罰だった。

本庄は何で渋谷にまで行ったのか。鶴子はそれを知らなかった。

急用が出来た。駒井野で道を開けて逃がしてくれた仲間の頼みごとを手伝う。公安にマークされているからここも危ない、鶴子もここを引き払う準備をしておけ。潜ることになる。私も潜るの？　鶴子が菊枝と会っているのを摑まれている。菊枝は中核派と革マル派の間を泳ぐ危ないことをしている。どちらからも一目置かれ、どちらからも警戒されている微妙な立場だ。本人はそれを察して更に過激な方へと向かった。武力闘争だけが人民のための闘争だと、どこからも捩じ込まれないことを言って走り出した。確かに闘争の理屈を詰めていけばそうなるからな。最後はそこに行くしかない。

でも、私、何をしたの？　そう言うぼんやりしたことは言うな。もっと状況を読め。「よど」号があったばかりだ。半島が世界をかき回した。在日の菊枝が彼らにシンパシーを感じているのは織り込み済みだ。菊枝は北。今は、李《り》菊枝に戻った。鶴子も危ない。時々菊枝のアパートに行ったからな。公安は鶴子の存在を摑んでいるはずだ。実家には帰らない方がいい、連絡もしない方がいい。足がつく。とにかく潜る準備だけはしておけ。

その頃はすでに実家に何かが起こっていた。

母から、「鶴子、あんた何をしたの？　これ以上世間を狭くして、どうするの？　もう学費は送りません」そんな内容のハガキが届いた。お金は家を出た時に入学金を半分出して貰っただけだ。母は鶴子の身を案じるより世間に見栄を張ることの方を選んだ。母の行動は何時でも一貫している。このハガキを読んだら分かるでしょう、私たちは何も知りませんから。誰かにそう誇示している気持ちの悪いハガキだった。

本庄の仲間から連絡があり京都駅の中央郵便局に行った。待っても本庄は現れなかった。郵便局が閉まる直前に、着物を着て大きな風呂敷包みを背負った中年の女が、誰彼なく紙を見せながら何かを訊いていた。人探しをしているようだった。その人は椅子に座っていた鶴子の横で背負っていた荷を下ろし、紙をひらひらさせながら、小声で、堀越鶴子さん？　と訊いた。祇園のクラブ「蓼科」のオーナーママ、住ノ江登紀子《すみのえときこ》との出遭いだった。

「奥さん、どうしました、気分が悪いのですか？」

郵便局の制服を着た若い娘が声をかけた。えっ、と訊き返し、眠ってしまったことに気がついた。どうかしている。他人の日のある所で眠るなど考えられないことだ。辺りを見廻すと、郵便局の中は人の姿もなく、窓口での大方の業務は終わっているようだった。

まだ眠りが解けていない。悪い夢を見たあとの不吉な余韻が残った。何でこんなことになったのか。郵便局の制服を着た娘が「あ、忘れものですよ」と言った。この鞄は何なのか。

重い鞄を持って郵便局を出た。外はすでに夜になっていた。タクシー乗り場に向かいながら、お手伝いのトミ江が鶴子の帰りを待っているのを思い出した。勝手口を開けるのはトミ江の仕事だ。トミ江は鶴子が持ち帰る擦れた傷の目立つ黒い鞄を受け取り、何が入っているのか興味を示す。この鞄も両手で揺すって中身を探る愉しみを彼女は味わうに違いない。そして締めきれないチャックから零れている白い房を見る。滅多に外出しない鶴子が、白髪の鬘を被って家を出たのはこのためか。外出先で誰かと会い、それを渡されたと思うだろう。東雲さんの出版祝いにも、会場の受付でお祝いの金封を置いて直ぐに帰った。すみません眩暈《めまい》がします、と言うと、誰もが、片桐様ご無理をなさらないで下さい、お大事に。と、鶴子がその場から離れることを労わってくれた。白髪の鬘は効果があるのだ。が、トミ江は出て行ってすぐに帰った鶴子に、やはり、人さんが多い所は厭なのですね、奥様は記念写真もお嫌いですから、と意味ありげな視線を鶴子にあてた。

トミ江か……予期していなかった成り行きに次の行動の準備が出来ていない。こんなはずではなかった。片桐の家に入ってから鶴子が一番恐れたのは、準備の出来ていないことに出くわすことだった。心積もりさえあったらどんなことでも切り返して処理できる自信はあったが、不意を突かれることには手の施しようがない。そう……不意を突かれたのは鶴子。それを謀ったのは静江。いや、弟の健一郎も一緒だ。

頭の中でいろいろな状況が混線していた。この鞄を持ったまま家に帰ればトミ江の好奇心に火を点ける。コインロッカーに入れたら日を置かず出さなければならない。これだけ監視カメラが据えられた駅ではそこに置き去りも出来ない。白髪の鬘は人定の目印にさえなるだろう。

鶴子はタクシー乗り場に向かいながら静江の周到なやり方に乗ってしまった迂闊さを悔やみ続けた。咄嗟《とっさ》のこととは言え、結婚祝いです、と言われた時、それを受けるわけにはいきません、と何故切り返せなかったのだろう。その前に、ノンセクの健一郎、中核派のあなた、と言われた。それで動揺したのだ……。

タクシーを待つ長い列に加わった。鶴子の前には地方から来たと思わせる老人が二人、荷物を足元に置いて大きな声で話していた。二人とも酒を飲んでいるのか、時々大声を出して笑っていた。

暗がりの二人の足元に黒い鞄が二つ、同じ紙袋が二つ。そこだけ街灯が届かない。急に胸が苦しくなった。鶴子の持つ黒い鞄が彼らの鞄に近づく。恐る恐る鞄を彼らの足元に置く……三つの鞄はもう誰のものか見極めがつかない……一つを手にし、そっとその場を離れる……。

その時、一人の男が突然、

「相変わらず観光客が多い。タクシーが来ない。でもよ、今年の紅葉は外れだ」と言った。もう一人も、「あぁ、雨がなかったからな。朝晩の冷え込みも遅れている。おかげで庭も水撒きで水道代が高くついた」

「俺ンとこもだよ。松がやられそうだ、苔も危ない」

二人の話を聞いていて、あっと思った。タクシー乗り場の列から離れて地下鉄乗り場に向かった。

人気のない鞍馬口の駅で降り、公衆電話を探し、「西駒造園」の西駒与一に電話を掛けた。

「出られますが、社長の車ではありません。ジープです。それでもいいでしょうか」

「ええ、それは関係ありません。実は、一つお願いしたいことがあります」

「分かりました、今の時間なら十五分もあればそちらに着くと思います」


地下鉄の鞍馬口駅を出た所に、地味な着物を着た白髪の女が重そうな黒い鞄を下げて立っていた。その人が片桐さんだと分かったのは、ジープに向かって手を上げたからだった。

片桐さんは与一を突然呼び出した非礼を詫びた後、鞄と共に助手席に乗った。片桐さんから街の中では滅多に見ない桂の木の匂いがした。

「西駒さん、この鞄を預かっていただけませんか。今日はどうしてもこれを家に持ち帰れません。明日でも明後日でも構いません、家の庭に入る時に、目立たないように何かに包んで持って来てください」

片桐さんは少し緊張しているようだった。与一に預けようとしている鞄に何か事情があるらしく、フロントガラスから頻《しき》りに暗がりの中を見廻している。

「分かりました、早い方がいいのですね、明日の朝、確実にお届けできます」

「あ、そうして下さる？　ありがとう。助かります」

片桐さんはそう言うとジープを降りて一礼し、タクシー乗り場に向かった。その後ろ姿には何事にも動じないいつもの堂々としたものはなく、何か辛いものを背負い込んでしまった人のような、影ばかりが目立つ小さな姿だった。

「西駒造園」は、御室から周山街道に入って三筋目の道を北に向かう緩い勾配の坂の途中にあった。日当たりのよい土地を確保するために、父の代まで少しずつ近隣の雑木林を買い足し、伐り拓いて来た。それは二百坪になっている。だが、順一が社長を継いでから状況は変わった。父が亡くなった後、与一が片桐の仕事に係りきりになり、伐り拓いたはずの雑木林は荒れ放題になっていた。順一と二人で間伐を掃えば陽当たりもよくなるが、順一も加代も西駒の仕事を嫌っていた。「庭仕事は兄ちゃんがやってぇな」「そうや、順一のすることは他にあるさかいな」それが順一と加代の答えだった。

暗闇の道の両側に樹木の枝が迫り、車のヘッドライトで枝を分けながら進んだ。

いつもの場所でいつものようにハンドルを切った時、助手席に置いた黒い鞄が厭な音を立てて傾いた。車を止めて確かめようとしたが、闇の奥に西駒の門灯が見えたのでそのまま車を進めた。

片桐さんから預かった鞄を両腕で抱えて家に入ると加代がいた。順一の車もなかったので一人で来たらしい。与一が鞍馬口に向かった間に来たのだろう。何の用事なのか。また悪い話に違いない。

「与一、どこをほっついてたんや。順一がとんでもない奴に絡まれてえらいことになってンのに」

「何ですか、何の話です、こんな時間に」

「この間、何たら言う飲み屋に行ったやろ、話をつけに。それや」

「報告した通り、先方から具体的なお金の話は出ていません」

「そんなはずはないやろ、あれらが出て来よったンや。兄に引導を渡したから兄から聞いているだろう、取り敢えず弟に東高瀬川のどぶ浚いをさせや、と。何ちゅうことを言うんや。どぶ浚いなど順一にはさせへんで。順一にこんな話は聞かせとうない。与一を出す、ゆぅたら順一でないとあかン、て。与一、あんたが下手を打ったせいやで。そのせいであれらがすごみ始めた」

「あれら？　誰のことです」

「あれら、や。あれらに名前なんかない。あれら、や」

「知りませんよ、僕は」

与一は鞄を持って二階の部屋に上がり、ベッドと机の間に鞄を置き、机に座ってパソコンのキーワードを解いた。施錠したのは誰かの目を意識したからではない。最初の習慣がそれで始まっただけのことだ。

ホームページを作って誰かとメールのやり取りをしているわけではない。パソコンは明日の市内の天気予報を見る大事な仕事道具だ。片桐家は北山を背にしているので天気が変わり易く、仕事の段取りに必要ないつもの手順だった。

加代が二階に上がって来た。

「与一、いつからそないに偉くなったンや。この家《や》の社長は順一やで。忘れてるさかい、言うとかンとな。こんなイノシシやイタチの出る所、うちらは好かン。順一の所には嫁がいたさかい辛抱していたンや。順一の仕事にもようやくめどがついたさかい、うちに家を建ててくれるゆぅてる。お母ちゃん長いこと待たせてかんにんな、ゆぅてくれた。ほんまに涙が出るわ。ここらの土地を全部売ったら何ンなとなるさかいな。与一には西駒の仕事を残すさかい、それで手打ちや。ここらはいつまでたっても土地が安いまま動いてない」

加代はここの土地を売って自分たちが住む家の話をした。家の話は前にも一度聞いた気はするが、不動産屋と組んで観光客相手の宿泊所を建てる話はしない。「水石」で吉野が言ったのは作り話なのか。ここの土地をすべて売っても、駅に近いあの辺りに建てる宿泊所の駐車場すら出来ない。それぐらいの計算は二人にだって出来るはずだ。加代と順一は新しい家が欲しいだけだろう。それならば、そうすればいい。これで二人との縁も切れる。二人が使う生活費の遣り繰りから与一は解放される。与一は今まで通り仕事をやっていく。寝る所はどんな所でも構わない。片桐家の北側に建つ三坪ほどのプレハブの納屋で眠ればいいだけだ。

何も反応しない与一に諦めたのか加代は階下に降りた。与一は加代が最後の一段を降りる音を確認すると、携帯電話でタクシーを呼んだ。言いたいことを言い終えたら、「与一、車を出し」、加代からそう言われるのを恐れた。今日はもう車を使いたくない。

外でクラクションが鳴り、それがタクシーだと分かると、

「追い出しか、えらい気が利くやないか、でも、うちは退かンで、こんなむさいボロ家を出るいい機会が出来たんや、うちをなめたらどんなことになるか、あいつらにひと泡吹かせたる」

と、二階に向かって言い残し出て行った。

車の中で鞄が傾き、厭な音を立てたのを思い出した。片桐さんから預かった物に不手際があってはいけないと鞄を持ち上げると、僅かに開いたチャックの間から意外なものがはみ出した。出ていたのは骨壺を納める布箱に飾られた白い房だった。それは余程手荒に扱われたのだろう、房はまとまらず捩れ、何の汚れなのか所々くすんだ褐色を帯びていた。

朝一番に片桐家の庭に入った。何代か前の西駒が原型を造り、祖父と父が型を守り管理して来た庭園だった。この夏の暑さで石が焼け、石についた苔が枯れていないか、小石を敷いた小さな路に、どこからか飛んで来たビニールの破片や、色づく前に散ったイロハモミジの朽葉が、庭を汚していないか。それらを横目で見ながらいつもの手順を変え、手押しの一輪車に薄縁《うすべり》を敷いて黒い鞄を包んだ。

喬木に囲まれた離れはしんとしていた。屋敷の北に当たるそこは日当たりが悪く、木々の落葉が始まった今でも、離れと納屋は母屋を守る北風除けの役目を負わされているかのような、寒々しい姿をしていた。若い頃、ここに小屋を建てて西駒の先祖が暮らしていた場所だと父から聞いていた。小屋の横には小さな蔵もあったと言う。父はそれを誰かから聞かされたらしいが、それ以上のことは何も知らないと言った。

納屋の横に建てられた小さな家の扉をノックした。

「西駒さん？」

「はい」

ドアが半開きになり、鶴子さんが薄暗い框《かまち》に立っていた。

「遅くなりました」

それだけ言い、薄縁の覆いを外して黒い鞄を渡した。

「面倒を掛けてしまって、ごめんなさい。誰かに会いました？」

「いいえ。どなたにも」

「そう。ありがとう、ご苦労さんでした」

「いいえ」

与一は一礼して、鶴子さんがドアを閉めるのを待った。ドアはすぐに閉まったが、与一が踵《きびす》

を返しかけると、ドアはもう一度開き、

「西駒さん、ありがとう、本当に助かりました」と、鶴子さんは繰り返した。

与一は二度も繰り返された鶴子さんの言葉に胸を衝《つ》かれた。鞄を一つ運んだだけでこんなにもねぎらってもらえたことが嬉しかった。いいえ、何も……と口籠り、鶴子さんにもう一度頭を下げた。

次の日、仕事の区切りをつけ、片桐家を早く出た。

ジープで南に向かい、駅を越えて東高瀬川沿いを走ると、いくつかの不揃いな空き地が道路の奥に見え隠れしていた。飛び飛びの空き地だった。崩れかけた木造家屋が一つ空き地の端に建っていた。吉野が言った、鴨ノ衆の因縁がある土地はこの辺りだろうか、とジープを停めた。

通りに面した建物は、何軒かシャッターが下りていた。人が住んでいない建物なのだろう、シャッターは道路の塵に塗れ、開閉していたことを忘れているように見えた。

空き地に通じる建物と建物の間に、人一人が躰を斜めに構えれば通れそうな細い通路があった。そこを抜けると百坪にも満たない更地が現れ、立て看板があった。近づいて見ると「新銀河ホテル建設予定地」とあり、「銀河興産」グループ傘下の企業名が書き連ねてあった。「銀河興産」はバブル期に大儲けをした不動産企業だった。地上げのトラブルで新聞沙汰にもなった。外からこの街にやって来た業者だ。

あぁここか。吉野が言っていた「ギンガ」はここだ。その看板を目にして確信した。父の戒めで造園業界の組合や寄り合いにも加わらず、片桐家とそこから紹介された数件の庭守をしているだけの西駒が「銀河興産」と接触出来る機会など無い。あるとすれば、この街にコネを持たない相手から持ち掛けられた分の悪い話に違いなかった。

看板の一番下に、西駒造園の文字が小さく記されている。その扱いから見て、西駒造園は銀河グループの傘下と言うより、植樹のためだけの参入業者にしか見えない。だが、西駒造園の下に、与一ですら知らない明治元年創業の一行があった。「銀河興産」が欲しかったのはこれだ。

鳴滝に戻った時にはすでに夜になっていた。明日の仕事の段取りをパソコンで確認すると、空白になっている。お盆の間、片桐家が土地を貸してある養護施設の雑草刈に入ったので、ずっと休みは取っていなかった。片桐家の庭にも夏の間一日も休まず入った。暑さと日照りで植物の水枯れが気になっていた。その埋め合わせに入れた休みなのだろうが、中途半端な一日だった。

あぁ、そうか、夏の台風で剝がれたトタン屋根の修理をすることになっていた……。順一が使っていた部屋に雨漏りの跡があり、畳が一枚撓《たわ》んでいる。雨漏りは広がる。このまま放置したら、与一の部屋の畳も間を置かずに腐るだろう。

自分の部屋の始末ぐらい自分でやれ……。それまで俺にさせる気か。

いつになく気が立っていた。「銀河興産」の看板に西駒造園が名を貸しているのを見たせいだ、と思った。与一には何も知らせず、二人は好きなことばかりする。その後始末は与一に負わせる。加代と順一に抱いていた不満や怒りが次から次に溢れる。面と向かって言いたかったことが途切れず頭の中を走っていた。だが与一はそれを口にしたことはなかった。

じっとしていられず、車を出して白梅町の二十四時間パーキングに停めた。

車を降りて「水石」に向かった。

与一の突然の訪れに女将さんは顔色を変え、首を横に振った。

「誰や？」奥からしわがれた声がし、吉野がぬっと現れた。

「西駒か、何の用だ、殴り込みか」吉野は仁王立ちになって言った。この前会った時は座っていたので気がつかなかったが、痩せた躰は背が高く、枝を掃った一本木を思わせた。

与一に当てた目の色もこの間と違い血走っていた。吉野はパジャマのままだ。彼がたった今起きたばかりを思わせた。いや、与一に起こされた、と。しまった、と思った。この男には「癖」があった。相手に自らの非を確認させるしつこい視線。

「何の用だと訊いている、答えられンのか」

東高瀬川の「銀河興産」の土地を見て来たと言うと、

「で、何だ」

「あそこに……建つのでしょうか」

辛うじてそう言ったが、ここに来てしまった後悔で言葉が続かない。女将さんが首を横に振ったのは、吉野には会うな、と言うことだったのが分かった。

「合法だ。お上は、外国客の泊り場所を確保するのに躍起になっている。オリンピックも控えている。消防法など知ったことかの民泊でさえ大威張りで店を開いている。あそこは、あと一つ二つ通りに面した空き家が手に入ってからになる」

あの土地の話をする吉野の言葉に、この間とは違う響きがあった。吉野はこの話を呑んでいる。

「西駒にはそんな力はありません……」

言質を取られないように、恐る恐る先夜吉野自身が言ったことを繰り返した。

「端《はな》から承知よ。この前に言っただろう。あ、西駒、あんた、この話を潰す気だな？」

「えっ、何です？」

「隠すな、顔に出ている。上がれ、あんたに話がある」

「いいえ……今日は帰ります」

「人を起こしてそれはない、上がれ」

吉野はそう言ってこの前と同じ部屋に与一を入れた。

女将さんが酒と綿入れの半纏を持って来た。吉野は半纏を肩に掛け、酒を啜り、「まずい」と言ったあと、しばらく目を閉じていた。

「お疲れのようですから出直します」

吉野はかっと目を開き、

「待てぃ、話は済んではおらん。昨日の夜、順一の母親がここに来た」

「えっ？」

「あんたはあれが産んだ子供ではないらしいな。どうりで、だ。あれは、わが子可愛さでわけが分からなくなっている。ここで暴れた」

吉野に半殺しにされると思った。

——あいつらが出て来た。あいつらはあいつらだ、名前なんかない。加代の言った言葉だ。

加代はここでもそれを言ったに違いない。

吉野は生唾を飲み、

「あれは昔からああだ。少しも変わってない」と言った。

「えっ、昔からって……知り合いですか」

「そうだ。長い間会っていなかったが、凄い剣幕でまくし立てる顔を見て思い出した。正気を失うと必ず眇《すがめ》になる。わしが、加代、生きとったか、と言うと、ぎょっとして三和土《たたき》に座り込んだ。あれは三味線弾きの雇女《やとな》、加代だ」

吉野はそう言うと溜息をついた。

「因果は巡る、必ず巡る、か……なんてこった。クズにも、この世にやり残しをさせないための最後の仕掛けがきちんと用意されているわけだ。因果を切ったら最後の仕掛けの出番がなくなる、となる。そんなことがあってたまるか。

何のことか分からんだろう。ひとり言だ。おのれに言い聞かせているだけだ。まあいい……。加代のことは言いかけたから言う。昨日の今日だから言いやすい。あんたが今日来たからな、そうなった。明日なら言わない。これも巡り合わせだ。あれはな、円山公園の枝垂れ桜の下で宴会客が雇う三味線弾きだった時がある。昔は今のような規制もなかった。座敷で遊べないものが筵を敷いて桜の下でどんちゃん騒ぎをしていた。桜にも酒を飲ませて、な。その時、三味線弾きの雇女が景気づけに呼ばれて三味線を弾いた。加代はえげつない歌が得意でそれなりに稼いでいたようだ。季節雇女だよ。桜が済んだら我が身の春で稼ぐ。

聞きたくない、な。これで加代を嫌うことが一つ増えた。何しろあんたの継母だからな。だが、加代には加代の言い分もある……これ以上聞きたくないならこのまま何も聞かずに帰れ。それもありだ。わしも好んで泥沼から引き摺り出した話をしたいわけではない。聞くか？　それなら腹を据えて聞け、時代が違うからな」

与一は席を立たなかった。吉野を恐れたと言うより、雇女だった加代にまつわる因縁話に、暗い興味を持ってしまった。父は加代のそれを知っていたのだろうか。

「あんたも知っている通り桜の頃のこの街はまだ冬が残っている。あの夜も冷えた。加代は筵にも座らせてもらえず、土の上に新聞紙を敷いた上に座って三味線を弾いていた。わしは、寺や神社に出入りしていた法被神人《はっぴじにん》たちと円山の見廻りをしていた。頼まれたわけではない。昔からの縁で寺社を自警する法被衆だ。わしは主に知恩院界隈が足場だったが、花見の時はこっちまで足を延ばす。背中だけ無双の黒い法被には鳥居と卍が裏表に白く染められていた。どっちにも行き来の出来る便利な法被だ。それを着ていたら寺社の者だと誰もが思う。だが法被衆《はっぴしゅう》は表向き寺社とは無関係の集団だ。わしともう一人は、一組だけ残って騒いでいた三味線弾きのいた客たちに、筵を畳んで帰るようにと言いに向かった。仕事帰りの飲み屋の女や客たちも帰り、そこだけが残っていたからな。

その時よ、三味線の音が叫び声と一緒に弾けた。三味線の糸が切れた時の音を聞いたのは初めてだ。なんと、その音が満開の桜に襲いかかった。辺りは突然の吹雪だ。風ではなく音で起こした桜吹雪だ。筵の傍で三味線弾きが三味線の棹に凭れて立膝をつき、いきんで唸《うな》り、新聞紙の上に黒い塊を産み落とした。客たちは、叫び、構うな、構うな、関わりになるな、と大声を上げながら、逃げて行った。今の時代と違う。カメラ付きの携帯電話などない。あの一件はその場限りの落とし子よ。わしらが見たのは三味線弾きの女が血だまりの中で三味線の撥《ばち》で臍《へそ》の緒を切ったところだ。もう一人の男の手引きで戸板が運ばれ、何人かの法被衆が集まった。

わしらは生きた心地がしなかった。円山が不浄の血で汚されたのだからな。円山で稼いでいたかつての法師陰陽師の流れを汲む卜占を連れて来て、死産児や胞衣《えな》を捨てる方角を訊き、一人の法被衆が、筵に包んで阿弥陀ヶ峰に走った。あとは法被衆総がかりで円山の浄めにかかった。軽トラックを南門に着け、戸板に乗せた女を九条に運んだ。そこには知り合いの医者がいる。荷台に乗って女の傍にいた時、三味線弾きの女の名前が西原《にしはら》加代だと聞いて驚いた。確かに憶えのある眇だ。

わしは昨日加代に遭って、ギンガの件から手を引くことに決めた。加代とは因縁が深すぎる。同じ釜の飯を食った加代たちと別れ別れになった後、加代がどう生きて来たかも聞いた。円山の後、もう子供は出来ないと自棄を起こしてお定まりの道を行ったそうだ。五条楽園で暮らしていたと。そこに近くの小料理屋の庭を手入れに来ていたあんたの父親と出遭った。あんたの父親は、雇い主が使っている五条楽園にお供で連れられて来たらしいが、病気の嫁がいると言って帰りかけたそうだ。だが雇い主から、自分が済むまで待っていてくれ、嫁の手前アリバイがいると言われて、それまでは断れないと待った。

敵娼《あいかた》で呼ばれた加代は、酒を飲まないその男に無理やり飲ませて男をその気にさせた。そうでもしなければ加代の生活が立たないからな。その男とも一回きりの関係だ。だがな、その一回が加代を変えた。子が出来たんだ。誰の子か分からないはずなのに、加代にはその男の子だと言う手応えがあった。一か八か、加代は西駒に食らいついた。嫁の入院している病院に行って話す、と脅しまでやってな。加代にとっては、相手が誰でも構わない、今度こそ子供を産む、それだけだ。商売女なのにそうまでして子供を欲しがる女をわしは他に知らない。だが、加代の生い立ちは知っている。厭と言うほど知っている。空襲で家を焼かれ、親とも離れ離れになったまま浮浪児になったわしも加代も、駅の子だったからな」

「駅の子？」

与一は訊き返した。

「駅の子を知らんのか？」

「はい」

「話にならんな。何も知らないあんたらの世代でこの国の末路がどうなるか見えた。どうなろうがわしらの知ったことではない。あぁ、駅の子のことだったな……言いとぅないがこれまで言わなければ通じないか……京都駅はあの頃日本で四番目に多い数の浮浪児がいた。戦災孤児だよ。駅の周辺には親も家もなくした子供乞食が屯《たむろ》していたな。浮浪児を子供だと思ってなめたらあかんで。大人の真似をして食うことを見つける。加代とわしはそこで知り合い、狩り込みに遭うまで一緒に乞食をやった。子供のわしが客を引き、子供の加代が駅裏の筵小屋で身を売った。当時の加代は十二だ。乞食には乞食の客もつく。地獄だよ。それでようやく食えたからな。ふかし芋が二本で五円、蒸しパン三個で十円、それが相場だ。かっぱらい、置き引き、煙草の吸殻集め、盗み、食えさえすれば何でもした。京都駅には東海道線、北陸線、山陰線が入っている。闇米闇物資が集まる要所だ。街がほとんど焼かれなかったので集まる人も多かった。加代は、兄ちゃん、兄ちゃんとわしにつきまとっていた。わしがいなければ死ぬことが分かっていたんだ。わしらは駅を根城にそうして生き延びた。その浮浪児たちが駅の子と呼ばれた。あんたには分かるまい、それがどんなものか。順一の母親が加代だと知ったからには、わしは加代の子供を手痛い目に遭わせるわけにはいかない。あれも、わしも、この国に酷い目に遭わされた。何もかもそこから始まった。円山の夜桜の件や今度の高瀬川の件で、また加代とおかしな出遭いをしてしまった。因果がなければ出遭うはずもない……いや、たまたまそう言うことになっただけだ……」

吉野はため息をつく。彼の中でせめぎ合う何事かが起きているのか、盛んに首を振る。

与一は初めて聞く父と加代の馴れ初めに自分のことのような恥ずかしさに襲われた。そればかりか、加代は父を汚しただけではなく、母まで傷つけようとしていたことが分かり、心の底から加代に対する怒りが募った。吉野は加代の不幸な生い立ちを言うが、国が加代や吉野に何をしたのか与一は知らない。知らない与一にそれを言ってどうなる……。

吉野は、与一の思いを読んでいた。

「わしと加代の因縁話など聞きたくない、昔の話など関係ない、となっ我が身に起こらないことは、ないことも同じだわな。よーし、それなら今度は西駒の話をする。今あんたが毛嫌いをした卑しい仕業《しわざ》は他人事ではない。あんたはヤヒコの話を聞いているか？」

「ヤヒコ？……」

「前に来た時少し話した。その男のことだ、何を知っている？」

「いいえ、何も知りません」

「それはそうだ、身内にも言えることではないからな」

吉野はそう言って暗い目で嗤い、手を打った。

運ばれて来た鍋から薬草の匂いが強く溢れた。吉野は与一の前に置かれた深い鉢にたっぷりとスープを注ぎ、熱いうちに飲め、躰が温まると言った。

今度は与一の知らないヤヒコの話を始めた。話の時代は明治らしい。話を聞くうち、与一は頭の先から足の先まで熱い痺れを感じた。躰が小刻みに揺れる。鍋の形が歪む。それでも目の前で吉野が話すことはすべて分かっている……。与一は「嘘だ」、と言ったような気がしたが、彼はくぐもった声で、嘘かまことか思いたい方を思え、あんたの勝手だ、と嗤った。

尿意を感じて目覚めた時は知らない部屋の中だった。朝なのか昼なのか時間が分からない。鴨居にかかったハンガーに与一のズボンとジャケットが吊るされていた。それで酔い潰れたのを知った。

寝巻を脱いで着替え、襖を開けると「水石」の廊下だった。どこで眠ってしまったのか分からないほど酒を飲んだことはない。夏、時々気分転換にビールは飲むが、酒の味は好きではなかった。ここで酔い潰れるほど飲んだのだろうか、訝《いぶか》りながらトイレに行き、トイレから出て来ると女将さんが、「食事が出来ていますよ」と言って洗面所を教えてくれた。

歯を磨き、顔を洗って昨夜の部屋に入ると、女将さんは座卓の前に躰を曲げて座っていた。用意されていたのはご飯と梅干、豆腐の味噌汁、出汁巻き、焼いたカマスの開き。どれもたった今作り終えた匂いがした。与一は女将さんの配慮にどう接していいのか分からない。酔い潰れた後始末までさせたのだ。

「すみません、お手数をお掛けしました」

「いいえ、何にも」女将さんは笑った。

吉野の気配がないので、

「吉野さんはおりますか？」と訊いた。どうであれ、酔った醜態を詫びなければならない。

「お父さんは、お得意さんから頼まれて、来週から始まる水石・盆栽展に出す石の台座を受け取りに行かはりました」

「あ、吉野さんの仕事は、それですか？」

「ええ、今は」

「今、ですか？」

「ええ、今は、です。昔は興行師の真似事も。他にもいろいろやってはったようやけど、自分のことはあまり言わはらへんさかい。今は水石のブローカーと不動産の口利きや、人さんのあれこれを調べて……」

人さんのことを調べて……。女将さんはそこで口籠もった。この前、与一が訊いた「片桐さん」のことで女将さんにたしなめられた吉野は、女将さんを汚い言葉で叱ったのを思い出した。

「この前、私が片桐さんのことで要らないことを言ってしまったせいで、女将さんに厭な思いをさせてしまいました。すいませんでした」

「あ、そんなこともおしたな……西駒の兄《にい》さんはお父さんのことを知らンさかいびっくりしはったやろと思います。うちは慣れてますけど、それでも時々お父さんが恐ろしくなるさかい」

与一は話を変えようと水石のことを訊いた。水石も庭石も石を扱う仕事だが、庭師の扱う石は庭に置かれ、水石は床の間に置かれる。それは大きな違いだと父から聞いていた。庭と座敷の境界をはっきりと自覚せよ、庭師の位置は床より下、庭師は一歩下がって腰を屈め、出過ぎてはならないと言う戒めだった。

女将さんは水石の話に相槌を打った。

「お父さんと水石の縁は古いのやそうです。お父さんは昔、知恩院の中にあった孤児収容施設の平安養育園に入ってはった。そこは、日露戦争の軍人遺族の孤児たちを救済するのが目的で作られたンやそうです。今度の戦争で浮浪児になったお父さんは京都駅で狩り込みに遭い、収容された伏見寮を逃げ出し、最後に平安養育園に入れられたンやと。水石との縁はそこからやそうです。昔、知恩院の境内で茶店をしていた黒川さん言う水石の目利きがいて、その時の人脈の流れで、お父さんは中学を出るとすぐに石拾いの親方に仕込まれたンやそうです。でも長続きがせずそこも逃げ出していろいろなところで凌ぎ、水石のブームに乗って元の道に戻った、言うてます……」

女将さんの話しぶりは淡々としていた。父親と娘の関係はこんなものなのだろうか。女将さんの言葉が途切れたので、

「吉野さんと女将さんは仲のいい親子ですね」儀礼的な相槌の代わりにそう言った。

女将さんは、えっ？　と言ったあと、急にうろたえた。

「いいえ……ほんまの親子と違います。吉野清二は育ての親、です」

女将さんの声は青竹の切り口のようだった。その口調には、吉野との人間関係を嫌う強い響きが込められているように聞こえた。

箸の止まった与一に、女将さんは無理に笑った。

「昨日はずいぶん昔の話をしてはったけど、三味線弾きの女の人にお父さんが何故入れ込むのか、ほんまは、お父さんがそれを自分の手柄として言いたがっているだけのことです。自分のしたことはすべてが正しかったと言いたいんです。子供が子供を食い物にして生き延びたことをわざと口にして、悪いのは自分ではない、と言ぅてるだけです。うちも千度言われてきたさかいよぅ分かります……。それがお父さんの癖ですのや。

お父さんからは何も言うな、ってきつく止められてるンやけど、何も悪ぅない西駒の兄さんがお父さんにやられてるさかい、言ぅときます。箸を止めンと聞いてや。

お父さんが言うには、うちは木屋町《きやまち》にいた最後の乞食やったそうや。親乞食は生後半年にもならないうちを抱いて、夜の木屋町通りで乞食をしてたンやと。そこをお父さんが偶然通りかかった。お父さんは親乞食にゆぅてやったンやそうです。あんたにも分かるな、この国が戦争に負けて何年経つ？　二十年だ。その子は生まれたばかりやないか。あんたが乞食をしても、人を殺してもあんたのやることだ、わしは知らない。だがな、生まれたばかりの子供に乞食をさせるのはいかんよ。食い詰めてそうなったのだろうが、あの戦争後はそんなもんじゃあなかった。あれから二十年も経っている。食えるんだよ、今は。でも、あんたには一つ、いい所がある。あんたは子供を捨ててない。わしはそれを褒めてやるよ。食う所と寝る所はある。こんな所で子供に乞食をさせたくなかったらついて来るんだ、と。親乞食は震えて、この子は人に預かっただけで、産んだのは自分ではない、そうゆぅて赤ん坊をお父さんに渡して逃げたンやそうです。確かにその乞食は年寄りで子供を産む齢ではなかったそうやけど。お父さんは乞食から渡された子供を育てる羽目になった。それがうちですのや……。

うち、安井の金比羅さんを憶えてます。誰かにおんぶされ、金比羅さんのお札の周りを毎日見てた気ぃがします。うちをおぶっていたその人はサンバさん、言う名前です。サンバさん、サンバさん、それ、うちが初めて覚えた言葉です。サンバさんはうちの躰の上でしきりに御幣を振っていたのも憶えてます。お父さんはけったいな夢や、早よ忘れぃ、言いまンのやけど、今でも御幣を見ると何や寒ぶいぼが出ます。そやし、あれは夢やない、って思ぅてますけど。

お父さんは戸籍もうまいこと探さはった。ほんまは、うちはオリンピックの次の年の八月一日生まれやそうです。うちを乞食から受け取った時にお守りを持っていたから分かったンやけど、そんなン役所には使えン、て。ふた親が消え、そこの子供が死んだ、まだ届けは出していない、その戸籍が使えるって、その子になったんです。私より半年遅れで生まれていた子やと聞きました。孤児だったお父さんも、三味線弾きの人の戸籍も、お上が壊したもんやし、書類さえあったら誰であろうとお上は殺しも生かしもする、下々がそれを手本にしてどこが悪い、ゆぅてます。

あ、石の話からずいぶん遠くに来てしもた、うっとおしい話をして堪忍なぁ。うちはこの頃、なんや胸の内にあることを誰彼に話しとうなって……大分前やけど金比羅さんの辺りを訪ねてうちのことをあれこれ訊きに行ったン。でも、どこでも玄関払いされて。それがお父さんに知れて……。

これでお父さんが何故三味線弾きの人に拘るのか、分かってもろたンやないですか？

さっきは、お父さんの手柄話のためにうちらが使われる、ゆぅたけど、そればかりやないンです。お父さんは親が子供を見殺しにしたり、捨てるのを許すことが出来ひんのです。三味線弾きの人はあの戦争で孤児になり、うちは何が理由で乞食になったのか分からンのやけど、お父さんは戦争を起こした奴らのせいや、てっぺんのせいや、ゆぅてます。あれのせいでこの国の母親は子供を見捨てた、見殺しにした。せやさかい、陰の戦争協力者は多くの母親や女たちなんや、って意味が分からんことをいわはる……そのあとお父さんは恐い顔をして、決まって店の包丁を研ぎ始めます」

女将さんはそう言うと半泣きの顔をした。

部屋を出る前、一万円札を一枚二つに折って割り箸の袋の下に置いた。

玄関の石の三和土に女将さんの履く片方船底のつっかけが不自然な間をおいて鳴っている。音は、コトリ、と石を踏んだあと、またコトリ。何かに似ている、何の音だろう。

女将さんに礼を言って「水石」を出たあとその音が何だったのか分かった。仔馬の歩く音が遠ざかる。

女将さんの話を聞いたせいもあったからだろう、吉野が口にする「筋の通らない話」などどこにもなかった。あったのは吉野が抱えていた彼固有の事情だけだ。その事情は土地が絡んだ仕事仲間との付き合いから今度は加代とのいきさつに代わった。吉野はそれを加代との深い因縁だと言うが、合法で進む土地の問題に手出しが出来なくなっていた所に、加代が昔を連れて来て退路が出来ただけかも知れない。

前の時と同じ、今度も、聞いた話はすべて今の与一には関係のない昔の話だった。他人の昔話は聞くのが辛い、と思った。聞いた以上、与一はこの話を記憶しなければいけないのだろうか。身の上話をするのは、聞く人に何事かを託したいからなのだろう。吉野も女将さんも加代も、誰ひとり自分の身に起こったことを忘れてはいないのも不思議な気がした。辛いこと厭なことは思い出すのも不愉快なはずだ。だが、今、あの人たちがすることすべて、かつてその身に起きたことによって動かされている気がする。

白梅町のパーキングに預けてあったジープで鳴滝の「西駒造園」に帰った。

熱いシャワーを浴びている時、昨夜「水石」で食べた「薬草鍋」の匂いが不意に過り、躰を硬くした。酒の残りと薬草のそれが混然と与一の躰を奮い立たせている。胸の動悸《どうき》が早まり、堪え切れなくなってそこに手を当てると、脳天に痺れが走り、烈しい射精が起こった。白濁した頭の中で、吉野清二が言ったことが与一の射精をあざ嗤うように襲った。

——いいか、ここで知ったことは言わない方が、聞かなかったことにする方がお互いの身のためだ。あんたは加代とその子を憎んでいる。継母、継子のありふれた憎しみだ。普段は隠しているが、何かの拍子にあんたが加代たちにそれをぶつけないとは言えないな。その証拠に東高瀬川にまで行っただろう？　あんたは平静ではいられなかった。でもな、わしと加代は、あんたとの関係よりもはるかにえぐい。わしはこの件からは手を引く。あんたはわしとは違う考えで動くだろう。二人が憎いからな。わしは人の憎しみがどんなものか知っている。あんたが二人に手出しが出来ないようにするために保険を掛けて置く。加代とその子供がやろうとしていることなど、これからわしが言うことに比べれば、子供だまし、ちゃちなことだ。

——さあ、聞いただろう？　どうだ、女将の作るスープはうまかったか？　生憎ここには女はいないが、これは女にはよく効く。ヤヒコの時もこれが使われた。病みつきになると目をやられる女もいる。それだけよく効くと言うことだ。昔から異国で煎じられていた草だと。荘園からの上がりで歌作りと色恋だけで生きることが出来た奴らの常備薬よ。今も、秘道衆《ひどうしゅう》の流れを汲む「隠れ」が細々と作り続けている。彼らは大昔から大衆など相手にしない。大衆に味を憶えさせたら面倒なことになる。ところが、だ。僅か七、八十年前、陸海軍が兵隊に気合を入れるために使ったのが覚醒剤のヒロポンだ。敵艦に体当たりをさせるための人間爆弾だよ。このヒロポンが戦後民間に大量に放出された。戦後の一時期ヒロポン中毒が蔓延したのはお上からの流れ物資があったからだ。合法で売られていたよ。今の覚醒剤中毒とどこが違うのか、っていう話だ。囲い込みの中で使うには構わない、軍隊の中もそうだった、とな。それを今頃になって人間を止めるかこれを止めるかとチンピラまがいの脅しをかけている。笑わせるな、だ。若者を爆弾代わりにしたくせに。囲い込みが外れた今は、バカが泡を吹いて転げまわったり、人間爆弾となって誰彼構わず体当たりしている。すべてお上の手本通りだ。

まぁ、大衆は草にやられたものを処理できないから無理もないがな。彼らの中に炭俵を背負って山に入るヤヒコはいない。西駒よ、たった一杯の椀の効き目を見ただろう。欲しくなったらいつでも分けてやる。男も女も束の間この世の憂さを忘れられる。いや、逆か……西駒の場合は忘れられては困るな、臓腑に浸み込ませて事あるごとにヤヒコを思い出せ。そうすれば、加代たちの望みなど、情けないほど罪のないことだと分かる。もう一度言う。加代たちのやろうとしていることに手出しはするな。国に見棄てられ、駅で野垂れ死に寸前だった浮浪児の加代が見る、たった一つの夢を邪魔するな。

片桐家

片桐鶴子は、離れの押入れに黒い鞄を入れたことで日常が揺れ始め、僅かな物音にびくつき、一日に何度も玄関や窓の鍵を確かめずにはいられない。

黒い鞄は雄弁だった。片桐家に入る前のお前を知っている、と囁き、錨小屋で受けた暴行を繰り返して思い出させ、汚れたな、と吐き捨てた。そればかりか愚かな選択でこの街に来たことを詰り、郵便局で声を掛けられ、知らない女について行った警戒心のなさを罵倒する。その一つひとつに反応し心の安らぐことがない日々となった。

香典袋一つを渡す義理。いくら考えてもわざわざ駅に出向く義理があったとは思えない。あの鞄を押し付けられた時から鶴子の昔が溢れ出した。

過去はいつだって後悔しかない。こんな時、住ノ江登紀子がいてくれたらどんなに心強いだろう。住ノ江は鶴子と本庄健一郎の関係を知っていた数少ない人だった。

住ノ江さん、あなたならどうします？　知恵を貸してください。

住ノ江登紀子は、京都駅の郵便局で本庄を待っていた鶴子に近づいて声をかけた女だ。

堀越鶴子さんですね。本庄さんの知り合いから連絡が入りました。私はゆっくり先を歩きますから、距離を開け、私に続いて来て下さい。女はそう言うと、大きな風呂敷包みを背負い直して歩き出した。他の誰かにもそうしていたように、鶴子にも尋ね人をした、とでも言うようなさり気ない言葉かけだった。女の姿がロビーから見えなくなった時、椅子から立ち上がった。

鶴子に声を掛けた女は、住ノ江登紀子。祇園のクラブ「蓼科」のオーナーだった。

その日から鶴子と住ノ江の関係が始まった。執行猶予中に行方の分からなくなった本庄が、逮捕されたあの日、何で渋谷にいたのか住ノ江から聞かされた。

あの日、本庄は、高校時代の同級生と上野のアメ横で会った。友達は信州大学に入学していて、彼も久しぶりの帰京だった。彼から紅玉五つとプラスチック製の鞘がついた子供の使うナイフを貰った。うまい紅玉だ、小腹が空いたら腹ごしらえにちょうどいいぞ、と。本庄はアメ横で買った彼の好物のスルメイカ三枚を束ねたものをお返しにした。これは信大の友達から伝わった話だ。

新宿駅で友達と別れた後本庄は、「部落解放同盟」の活動家と会い、彼から頼まれた「沖縄返還協定批准阻止」に関する印刷物を鞄に詰めて品川駅に向かう。そこで別のシンパに印刷物を渡すはずだった。だが渋谷駅が近づくと車内の空気が変わった。本庄にはその空気が何なのか分かった。そこで降りた。

渋谷駅は騒然としていた。本庄が知っていた渋谷駅一帯は火炎瓶で火の海となり、煙の中に他県から警備の応援に来た警察官と鉄パイプを持った中核派の学生が烈しい殴り合いをしていた。戒厳令の中、本庄は職質を受け、鞄の中を開けられた。印刷物の他に、紅玉五つ、おもちゃのナイフが入っていた。そのナイフが「凶器」とみなされた。

本庄に印刷物を預けた活動家は逮捕を逃れたが、本庄は捕まった。この時の逮捕者は三百十三名。すべて新左翼系で、同じ新左翼でも組織温存のために過激な闘争を控えた集団はほとんど逮捕されていない。本庄健一郎は中核派の「渋谷大暴動」に巻き込まれた。

子供が使う刃渡り三センチのナイフを持っているだけで「凶器準備結集」、それで逮捕出来るのか、不当な逮捕だと最後まで反抗を続けた。それが「公務執行妨害」にあたった。道路封鎖のバリケードを蹴飛ばして「道交法違反」。

それ以上のことは住ノ江登紀子も知らないと言う。ただ、本庄に印刷物を依頼した彼らは、本庄に借りが出来た。彼らはあらゆる手を使って本庄に便宜を図ろうとした。あの日、堀越鶴子が駅の郵便局で待っていることを他のルートから知らされ、堀越鶴子との接触を命じられたと言う。それが顚末だ。

住ノ江登紀子は鶴子の人生に大きな影響を与えた。「蓼科」の客だった片桐と知り合い、片桐の家に入ったあとも、住ノ江は担ぎ商いの呉服屋の身分で片桐の家に出入りをして鶴子を支えた。

鶴子の依頼で、「渋谷大暴動」の後完全に連絡が途絶えた菊枝を探したのも住ノ江だ。鶴子が逃げなければならなかったのは、本庄との関係だけではない。菊枝は、革命左派の仲間がアジトを作った榛名《はるな》ベースに加わることを計画し、赤軍と一緒に動いていたために、一度デモに加わっただけで新左翼とは何の関係もなかった鶴子もマークされた。

翌年、「あさま山荘」事件、「テルアビブ空港襲撃」事件が起こり、公安の網の目はさらに細かくなった。一般の人は学生運動そのものを拒否し、それまでカンパをして学生を応援していた市井の人たちも、「あさま山荘」における赤軍のリンチ、「テルアビブ」の無差別殺人以来、「学生ハンは、学費値上げ反対のデモだけやっていればえぇンや」、と言った。

住ノ江の使いが菊枝を探し当てた時、菊枝は十三の居酒屋で髪を脱色した老婆に化けて下働きをしていたと言う。その店はいくつものチェーン店を持ち、経営者は隠れた左翼シンパだった。大友良太の自殺で大学に来なくなった菊枝が、無事に生きていることを知って鶴子はどんなに嬉しかっただろう。弟の拓海が死んだ後の強い後悔に苦しめられたので、残された菊枝の気持ちを察して、何としても無事を確認したかった。住ノ江登紀子はお尋ね者に接触する危ない橋を渡ってくれたのだった。

李菊枝は生きていた。生きられる場所があったから生きることが出来た、と住ノ江は言った。

そこがどこであれ、人は生きられそうな場所さえあれば、そこに潜り込んで生きることに命がけになる。とにかく逃げて命をつなげ、と。お尋ね者になった後であればこそ、逃げて潜ることは、警察権力に一泡吹かせる反逆の一撃だと言うことらしかった。

菊枝は仲間と新たな闘争を企てるらしい事も分かった。武器・爆弾を使ったさらに激しい闘争へと走り、私は最後までやる、大友良太とは違う、と住ノ江の使いに伝えた。そうしてまた菊枝は姿を消した。それから後は分からない。

住ノ江登紀子は最後まで謎の多い女だった。どこで生まれたのか、今どこに住んでいるのか誰も知らなかった。祇園であれだけ大きな店を経営していたのに自分は「蓼科」に出ることはなかった。黒服と、チィーママと呼ばれる接客のプロが店を仕切り、鶴子が「ミチル」と言う源氏名で働くようになった時も、大きな風呂敷包みを背負い、呉服の担ぎ商いをし、いろいろな店を回って女たちに月賦で反物を売っていた。店を構える呉服屋は水商売の女に月賦で反物を売るのを嫌がる。買った反物を質に入れてそのまま消える女たちもいたからだ。住ノ江は保証人も身寄りもない女たちに仕事着になる反物を売り、代金を地道に回収して歩いた。そうして小さな酒場を開いた。女たちは商売道具の着物を安心して買える住ノ江の店に集まった。その中から特別に選んだ女を使って祇園に高級クラブ「蓼科」を開いた。一見の入れない会員制のクラブだ。客は客が連れて来た。

「蓼科」にいた時、住ノ江に纏わる噂を聞いたことがある。住ノ江は子供と生き別れをした、と言う噂だった。誰も詳しいことは知らず、子供を捨ててまで夜の世界で生きたかった人だ、と言っていた。――足手纏いの子供がいたらやっていけないもの。成功したんだから本人は諦めもつくでしょう。でも、惨めに沈んだままこの世界にいたらどうなっていたかしらね。時々宵の口に店に来て凄みのある目で店の中を見渡すけど、あれはこの世を恨んで何かを企んでいる目つきだ、成功してなかったら何かやらかしている、と。

新左翼の学生が事件を起こす度に、鶴子は住ノ江に本庄の行方を訊いた。本庄さんはどうしたのでしょう、潜伏先で仲間からひどい目に遭ってはいないのでしょうか。そう訊くと住ノ江は冷めた口調で、さあ、男のすることはよく分からないから。私はある人から頼まれてあなたを預かることになっただけ。漏れ聞く所では、生まれ育った武蔵野を恋しがっているそうだけど。京都のことなど思い出したくもないって。鶴ちゃんを巻き込んだことなど記憶の片隅にもないのね。そんな男への未練や泣きごとを言うならここを出て、もっと居心地のいいところを探しなさい。あ、誤解するといけないから言っとくけど、白川は子供の縄張り争いでお尋ね者になった者は相手にしない。内ゲバなんかには手を貸さない。白川が関わるのは大人だけ。それも外れくじを承知で真っ向から権力に向かった人を逃がす。本庄を逃がしたのは、何を考えていたのかはっきりしない新左翼の暴れン坊に共鳴したからではなく、あんな微罪にも拘らず罪科を蹴飛ばしたからよ。本庄何某には白川を呼べるだけの思想があったのかどうかも分からない。

新左翼や、彼らの思想などどうでもいい。——武蔵野が恋しい、京都のことなど思い出したくもない。それを聞いた時、鶴子は、あぁ、そういうことか、と納得した。いつだったか本庄が言った言葉は切実な本音であったとその時気がついた。

——鶴子は、僕が三里塚で現闘小屋を建て、泥水の中を走り回ったのを菊枝から聞いているだろう？　泥って水と違って纏わりつく。泥は臭い。僕はかつての地主階層だったので、いつも臭い泥の中を最前線に出て戦っていた。指図されたわけではない。階級のもたらす旨味を貪っていた者の末裔として、負い目は贖わなければならないからね。だけど泥は……嫌いだ。あの形状、あの感触、あの色、あの臭い。「武蔵野」の風土とは違い過ぎた。あの泥を浴びた後、僕の中におかしなものが出て来た。アジっている言葉の繋ぎ目から、僕の本質、……幼い頃から培ってきた大切なものが、するする零れ落ちていくのを感じていた。世界の不均衡をなくして人民の生存を保証すると言う大きな理想を言う度に、あの懐かしい武蔵野の思い出までが抜け落ちる恐怖が起こった。そんな時鶴子と出遭った。鶴子を見ていれば、迷いもなく「階級闘争」が続けられたから。

でも、僕は今になって無性に、失ったそれを取り戻したいと思う。そう、偶然思いついて言ったけど、僕の本質、唯一性みたいなもの、かつての僕には確かにそれがあった。それを失う恐怖。鶴子には何のことだか分からないよ。でも、菊枝の前でそれを言ったら、菊枝の仲間たちに半殺しの目に遭う。大友良太はそれが分かっていた。僕らの場合、個人の転回は死を連れて来るからね。自分の中のそれをわざとおちょくって、おちょくられて誤魔化す芸が出来なければ危ない。

鶴子には何のことだか分からない、って？　本庄さん、私には分かっていました。あなたが泥の感触に気づくずっと前から。私は、油の浮いた鈍色の海と、ペンキの匂いがする潮風、赤錆だらけの錨や、腐った海藻がこびり付いたブイが放置されたままの廃屋、醤油だまりの匂いの中で生きていた。あなたが感じた泥水への嫌悪。同じことです。そこから逃れるためにこの街に逃げて来ました。でも大きな違いがあります。私は生まれ育った場所など思い出したくなかった。あなたは生まれ育った場所にしかよりどころを持たなかった。あなたにとってそれ以外はすべて汚泥の世界。

あなたが微罪にも拘らず、時効が済んだにも拘らず、逃げ続けると決めたのは権力への謀反ではないですよね。あなたの「武蔵野」を守るためでしょう？　ようやく納得しました。私が身近にいたら、「武蔵野」は、汚れますから。

それからの鶴子は住ノ江が驚くほど速く「蓼科」に順応した。

台形を逆さにして刳《く》り貫《ぬ》いた鉢の底を思わせるこの街の地形。伝承だと、地下には巨大な水瓶《みずがめ》があると言う。街は水の上でぬらりくらり。千年の時間を掌中にした御所を中心に、精神的な入会地であることに喜びを感じる人たちの街。途方もない時間が街全体に閉塞感をもたらしていることを厭《いと》わず、他所の町がこの街に憧れて醜悪な模倣をすればするほど、この街の値打ちが盤石になるのを知っている人たち。鶴ちゃん、ぬらりくらり、深泥池のジュンサイとなって生きるのよ。裏を見せ表を見せて散る紅葉、それだけはしてはいけない。

鶴子に知恵を与えた住ノ江だったが、住ノ江には、諦めと、開き直り、相手を突き放す残酷な冷たさがあった。それが噂通り子供を捨てたことから来るものかは分からなかった。だが、鶴子の中にも住ノ江と同じ冷たさのようなものがあった。鶴子には親を捨てた、と言う思いが強くあった。拓海が死んだあと、両親に残された子供は鶴子だけだ。老いて来れば鶴子の存在をかけがえのないものだと思うだろう。だが母からのハガキを読んだことで、親を捨てられた。もう二度とあの人には会わない。その強い思いに支えられたからこそ「蓼科」で暮らせた。

片桐家に来て十年ほどたった時、実家の両親が相次いで亡くなった。実家の処理は、野坂税理士に頼んだ。両親はお金が溜まると拓海の墓を建てて供養し、寺にも欠かさずお参りをしていた事も分かった。

実家には借財、蓄えもなかった。税理士はその状態を、見事だと言った。でも、仕事場兼住居の三十坪の土地が残っています、臨海開発で相場は上がっています、どうします？　それはお寺さんで使っていただきます。両親と弟、三人の永代供養のために。野坂は鶴子の薄情さを、潔い決断だと思ったようだった。そのことがあってから、野坂税理士と鶴子の間に強い信頼関係が生まれ、それは今に続いていた。

片桐和夫が客として「蓼科」に来て鶴子に執着し始めた時、片桐家に後妻に入ることを勧めたのも住ノ江だ。

時代が変わってしまったわね。この店もいずれ大衆路線で間口を広げることになる。白黒の境がなく、半玄《はんくろ》が出て来て仕事もやりにくい。鶴ちゃんがこのまま行くと言うならそれでもいいけど、堅気への社会復帰、リハビリの場所として考えたら片桐家は都合のいい緩衝地帯よ。しばらくあの家で堅気の生活感覚を取り戻してみたら？　ここで見ていて分かったけど、鶴ちゃんにはどんな環境にも潜れる素質があるから。あの家は内実はややこしい家だけど、まさかの盲点。やんごとない家との付き合いがあってお上も簡単には入れない。白川の手の者が書生として入ったことがあるの。当主の手紙を清書するのが主な仕事で。でも、五摂家や宮家にまつわるネタ本以外、歴史書、思想書、文学、それらは一冊もない家だった、って。信じられないでしょう？　あれだけのお屋敷に本がないなんて。あ、これは言っておいた方がいいわね。

内縁の女が後妻に納まる前に時々変わる。昔から小狡《こずる》いだけが取り柄の計算高い当主が家を仕切っていて、後妻候補を入れてから女の知恵のなさに驚き慌てて取り替えるらしい。それと、宮家への憧れが強過ぎる家だと言うの。なり上がった人が欲しがる退屈な憧憬でしょう？

戦前と違い片桐家は典型的な斜陽産業の家。御室御所の近くに大きな屋敷を持ち、そこに舅はいるけど、姑はすでに亡くなっている。姑は子供を産んでいない。舅の妹の子が和夫さん。直系ではないけど血筋の濃い跡取り。妾を囲い、自分の息のかかった者に家督を継がせ、身の安泰を計った歴代のお公家が取る手口。あの家でもそれを真似している。

和夫さんは伯父の舅によく仕え、和夫さんの嫁も舅が連れて来た。子供も一人出来た。それが民雄。民雄の母親はナントカ家から嫁に来た。維新の波に乗り遅れてこの街に留まった残留華族の末裔で、丸裸同然のナントカ家を舅が金で買ったのだそうよ。プライドが高いだけで喰えない嫁だったから、嫁が亡くなるとすぐに和夫さんは遊びを始めた。でも「蓼科」で鶴ちゃんと出逢って固まった。まだ子供だけど、ひとり息子民雄の嫁もおそらくその筋から来ると思う。

これからの身の振り方については、もう一つい話があるわ。こっちは結婚ではなくて喫茶店の経営。いい出物があったから手をつけたけど、喫茶店だから会員制の「蓼科」と違って不特定な人が来る。場所は四条大宮。阪急電車の停車場だから活気があって余程のことがなければ繁盛する。嫌なの？　あ、そうか、喫茶店なら中学生や高校生が来るわね。鶴ちゃんにとってその年頃の男の子を見るのは辛い……か。それと、まだ追われているって？　確かにうちの店は会員制だから、わけのわからない人が出入り出来ないシステムだけど、かつての学生運動はもう歴史になっているわよ。嫌？　じゃあ、当分片桐で身を隠す？　そこがどうしても嫌なら出ればいいのよ。鶴ちゃんはナントカ家のように買われたわけでも、結納を頂くわけでもない後妻だから。あなたの仕事は、家事万端のプロデュース。今、あの家はゆるい女が入れ替わりしたせいで荒れているけど、鶴ちゃんなら難なくやり遂げる。鶴ちゃんは黒服と一緒に三代目のチィーママとして「蓼科」を仕切っていたから、和夫さんも色恋だけではなくそこに目をつけたと思うの。和夫さんと鶴ちゃんは互いに五分五分の関係よ。まるで釣書のある見合い結婚だわ。それに鶴ちゃんはアングラマネーに群がる人の行く末を見ているから、あの家のお金に色目を使うこともない。向こうさんはそれで安心する。それに昔から仕えているよく出来た金庫番がいるからそっちには無関係でいられる。家事は女中が一人いる。鶴ちゃんは老人と子供の目配り役ね。その老人、つまり舅のことだけど、少しおかしなところがあるみたい。いいえ、病人ではないの。白川の知り合いが書生として片桐家に雇われていた時のことらしいけど、舅さんは喋る時も書く時も、言葉の始めに「ほっ、ほっ」と野鳥の鳴き声を出すらしい。話す時だけの癖ならよくあることだけど、たまに書き物にもそれを入れるんですって。清書する時、書生がそれを消したら血相を変えて怒ったそうよ。舅の書く物には「ほっ、ほっ」もついているから厄介だって。書生のように文体を気にしたら舅の逆鱗《げきりん》に触れるから気をつけて。変人と言ってもその程度だから心配は要らない。

いつか陽の目が当たるまでそこで待て、と言うことですか？　あ、そんなことを考えているの？　陽の目が当たる場所など三千世界のどこを見渡してもありませんよ。陽の目が欲しいなど生まれる前の子供が言うセリフ。世間と言う闇に放り出されたらあとはそこで知恵を働かせて生きるしか道はない。都合のよいことに闇の中は自由の坩堝《るつぼ》。闇が深くなればなるほど人は自由に生きられる。悪銭を捏ねた実業家も、ネバーランドの妄想にとり憑かれた聖職者も、決して黒い手袋のまま姿を出さない政治家も、オンリーでしかないのに、オンリーを侮辱する専業主婦の女どもも、うちのように色のついた水に女のつまみを添えて出す阿漕《あこぎ》な商いも、大きな顔をして世渡りが出来るのは世間が闇の器だからなのよ。

人間は闇には歯が立たない。普段は同化しているけど、ある日突然闇の深さに慄《おのの》いてこんなはずではなかったと怖気づく人が出て来る。逃げたって闇の中だからのたうち回るのが関の山。そうなった時にどうするか。打つ手がないわけではない。じたばたを止めてそこで一度死んだことにする。すべてを放擲《ほうてき》して丸裸になる。要するに、生き直し。古い闇から新しい闇に入る。新しいそこは、何だかまた生きて行かれそうな錯覚を持てる程度の闇。自分が見つけた錯覚だからそこで斃《たお》れたとしても諦めがつく。

鶴ちゃんの場合は、そうね、四十七、八。そこらが一つの区切りかな。その時片桐を出る。裸で出てもやり直し、洗い直しの時間がある。あとは旦那が死んできれいさっぱりとした時。この時鶴ちゃんは老いてはいるけど、娑婆っ気が抜けて知恵盛りだからこっちの方が面白いわね。

鶴子は四十七、八になっても片桐の家からは出なかった。和夫が死んで十七年経つのに今も北の離れで息を潜めて生きている。住ノ江が言った新しい闇に入り損ねたままだ。

何のために片桐の家にいたのか、と自問しても、すっきり納得する答えが見つからない。隠れていただけだとしたら、何と醜く浅ましい生き方だったのだろう。

片桐の家に来てから先のことなど考えたことはない。この家で日々の暮らしに落ち度がないようにと細心の注意を払い、ことがうまく運べば胸をなでおろした。それ以外何も考えなかった。何も考えずに暮らしたら、何も考えられなくなる。

住ノ江さん、知恵を貸して下さい……。

呼んでも住ノ江は現れず、煩わしいだけの荷物が押し入れの中で膨張するだけだ。

駅を出て行く本庄静江の、憑き物が落ちたような後ろ姿が見える。弟のかつての女友達に、騙しうちのような形で弟を置いて行った静江の行動がいくら考えても分からない。

他人の心の内が分からないのは当たり前。鶴ちゃん、人を動かすのは大きな理想や理路整然とした理屈だけではないのよ。相手が読めなければあなた自身を見ればいい。あなたの中から生じた、理屈では言い切れない思いを、相手に投影して考えなさい。相手には相手の、他人には言えない何事かがあったはずよ。あなたは弟を理解していなかった。母親もあなたの理解を超えた考えで生きていた。あなたは二人を理解出来なかった苦しみに耐えきれず、知った人が一人もいないこの街に逃げてきた。十八歳のあなたを動かしたものの正体が何だったのか考えて。まだ分からない？　言ってあげる。あなたを動かしたのは私怨、ルサンチマン。鶴ちゃんの中にある他人には言えない怒りや屈辱、自己嫌悪がこの街へ来ることを決めさせたのよ。ルサンチマンには憎悪が貼りついているのを知っているでしょう。今のあなたは本庄姉弟に怒りばかりか憎悪まで持っている。だったら、説明のつかない相手の理不尽な行為をそこから推し量ったらどうなるの？

静江が持った憎悪のルサンチマン？　静江には鶴子に対するどんな憎悪があると言うのか。鶴子は静江に憎悪や悪意を持たれるどんな言動をしたのだろう。当時の鶴子には、本庄姉弟と生まれ育った生活階層が違うらしいことは分かっていた。静江はあからさまに自分たちの育った豊かな環境を鶴子に誇示し、鶴子はその違いからくる引け目があった。静江は油照りの下で待つ鶴子を知っていても、冷房の効いた場所で時間を計り、それを当然だと振る舞う意識があった。鶴子と静江の関係は水平ではなく、天秤の上に加えられた何物かによって軽重を決められていた。それが崩れない限り、鶴子は静江の怒りや悪意の対象にはならない。もしそれがあったとしたらそれはむしろ鶴子の方だ。不均衡な関係から生じた屈辱は鶴子に残り、鶴子は駅で静江のそれを思い出してしまった。

そんな静江にもルサンチマンがあった？　どんな？　そう考えた時、天秤が真逆になったのだと気がつき、はっとした。

「とうとう上り詰めましたね」

手紙にあった不可解な一文。それは、本庄家の「没落」をいや応なく見せつける堀越鶴子の境遇に放たれた言葉。鶴子に対する静江の怒りはただ一つ、静江の自尊心を支えていたあらゆる属性が崩れたために、堀越鶴子の立場が許せないと言う理不尽な憎悪……。

トミ江がドアを叩いて鶴子を呼んでいる。奥様、開けてくださいい、奥様。

ドアに向かう前、振り向いて押し入れの襖が開いていないかを確かめた。

「大変です、旦那さんが……」

「民雄がどうしたの？」

「川奈でゴルフ中に倒れて、救急車で病院に運ばれたそうです」

「えっ、いつのこと？」

「たった今ゴルフ場から連絡が入りました」

「珠子さんも一緒なの？」

「いいえ、珠子さんは明日川奈に行くことになっていました」

「あ、こっちにいたのね。それなら珠子さんの言う通りにして下さい。珠子さんのやり方がありますから」

「それが……珠子さんは東京の実家に電話をして、どないしょう、どないしたらえぇんやろ、って。この家のことは離れの奥様に訊かなければ何も分からんのに」

「……困りましたね、病人が出たのに。それではトミ江さんが代わりに動いて下さい。すぐに病院に行く用意です。珠子さんの荷物を作る手伝いを急いで下さい。事情が分かりませんから念のために四、五日分の身の回りの小物の用意ですね。それと、どうしていいのか分からない人を、病人に付き添わせるわけにはいきません、あなたが珠子さんについて行って下さい」

「私が、ですか？」

「そう。そんな状態では珠子さんは何も出来ないでしょう。あなたなら向こうのことをこっちにきちんと知らせることが出来ます」

「はい、勿論です。すぐに支度をします」

「そうして下さい。向こうに着いたらどんな些細なことでも報告してください。ここの病院に移ることになるかもしれません、そうなったらいろいろ段取りが必要です。私は母屋で電話番をします。それによって動きます」

「はい。でも、奥様は、ひとりで大丈夫ですか？」

「そんなことを言っている場合ではないでしょう、さあ、早く」

トミ江は慌てて母屋に戻った。鶴子は離れの戸締りを確認すると、夫の和夫が風呂場で倒れた十七年前の時のことを思い、これから起こるであろう幾つかの出来事をあれこれ巡らし、母屋に向かった。

珠子は祭りの準備でもしているのだろうか。座敷に何枚かの服を並べて小物まで揃えている。明日から川奈に行くはずだったので、持って行くものの切り替えが出来ていないらしい。鶴子がトミ江に数日分の用意をと言ったのを、衣装替えとでも思っているのかも知れない。肌着だけですよ、必要なのは。夏と違うからあとは着て行った服の代わりがあればいいでしょう。そう言うと珠子は不機嫌な顔を背けた。鶴子と視線を交わすのを何時も避ける。

「あ、病院の先生に渡すお礼のお金を目立たない袋に入れて用意してください。新札はありますね。えっ、ない？　そう。私の方にあるかもしれません、見てきます。それと、健康保険証、認め印は持ちましたね？　まだ？　それを一番先に鞄に入れて忘れないようにして下さい」

顔を戻した珠子の目に険があった。面と向かって言葉を交わした記憶がないので、そんなまな差しを向けられたのに気がついたのも初めてだった。

トミ江はおろおろしていた。腫れ物に触るように、珠子の周りに広げられた服や小物を座敷の隅に除けている。珠子は顎を上げて、広げた服の方に目をやる。まだ持っていく服に拘っているのだ。

そうだった、川奈のゴルフ場は珠子の実家、一行家の人たちを始め、かつての京都華族たちが集う社交場にもなっていたので、夜の集まりを想定して服を選んでいたのだろう。珠子にはそれを優先する強い思いがあった。実家の人たちや、かつての同じ階級の人たちとの交流は、珠子にプライドと言う幸福感を与えたのだ。

車を呼んで二人を出した後、玄関横の通用口に鍵を掛けた。

母屋に入るのは久しぶりだった。薄暗い仏間に入ると、いくつものゴルフバッグが壁に沿って無造作に立てかけられていた。どれも今にも倒れそうだったので、きちんと壁に凭れさせた。ゴルフバッグがこんなに重いものだとは知らなかったが、隅に一つだけ空のバッグがあった。曇り空のような色のバッグだった。

トミ江の掃除が手薄になっているのか仏間が埃っぽい。この分だと、閉じられた観音開きの襖の奥で、黒檀の仏壇は埃を積もらせているだろう。母屋の誰も仏壇の存在を忘れている。鶴子も離れに移ってから一人で仏壇を開いたことはない。

結婚前に民雄が使っていた部屋は開け放たれ、様々な大きさの箱が部屋を埋め尽くし襖も閉まらないようだった。有名なブランドのマークが見えたので捨てる気はないのだろう。

座敷と控えの間には紙切れ一枚置いてはいけない、とこの家に来た時から言われていた。だが床の間の前に放置された珠子の服は華やかで、祝宴のあとの盛花が晴れの日を忘れられずに散るのを拒んでいるように見えた。

珠子の服を珠子たちの寝室に入れた。この部屋は鶴子と夫の和夫が使っていた部屋で、納戸のついた舅の部屋の隣だ。鶴子が使っていた時と違い、今はツインベッドが入っている。

舅の部屋との仕切りの壁に、牡丹の花を意匠した釘隠しが壁から剝がれてぶら下がっているのが見えた。中途半端な位置に嵌められたそれは、覗くと湯飲み茶碗の底ほどの黒い孔が開いていた。重い額の絵を飾ったための傷痕だと和夫は言っていた。釘が弛んだのかも知れない。

母屋の中は静まり、何の音もしない。

座敷から見渡す庭は陽が落ちたせいか、寒々とした沈黙に満ちていた。西駒が手入れをする庭の石や樹木の配置は、ここに座る人の五感を研ぎ澄まさせ、時空が止まった完全な世界に連れて行くことを目指すのだと言う。だが、三百坪と言う中途半端な空間は自然を摑み損ねた痛々しさがあった。糧を得るための生活をした事のない人たちが、この作為に満ちた自然に執着する不思議さをどう理解したらいいのか鶴子には分からない。

庭の果てから水の音が聞こえて止んだ。小石を洗っていたのか、西駒が屈んでいた躰を起こして立ち上がった。鶴子は縁側に立った。庭師は鶴子が縁側にいるのに気がつくと、大きな箕《み》を持ったまま頭を下げた。

離れから母屋に鶴子の布団を運んだ。転ばないように用心し、敷布団二枚、毛布二枚、掛布団一枚を小分けにして、何度も母屋と離れを往復した。民雄の部屋は空き箱やゴルフの衣類が散らかったままだった。舅が使っていた部屋以外に鶴子が眠れる部屋はない。舅の部屋の前の廊下に布団を運び終えると、台所の勝手口から西駒が、仕事を終えましたので、と鶴子に声を掛けた。そして、用事があったら声を掛けて下さい、気がつかなくてすみません、と言った。

「民雄が川奈で具合が悪くなって。珠子さんとトミ江さんに行って貰いましたけど、何時連絡があるか分からないから、こっちで電話待ちです」

布団運びのことらしかった。

「そうでしたか、では失礼します」

「明日は、他所の仕事ですか？」

「えっ、いいえ、明日は母屋の玄関周りの石を洗います。時間があれば台所の外も手を入れたいところがあります」

「あ、居て下さるのね、よかった。急用が出来た時は何かお願いすることになりますから」

駐車場からジープを出して西駒は帰った。

いつものようにスニーカーを履いて、離れと納屋のある北側の路を速足と普通の速さを併せて歩く。三千歩。数字がそれを示せばそれで終わる。離れに移ってからそれだけは欠かさない。自分の足で歩く、それが出来れば何時だって移動は可能だ。逃げるのに必要なのは籠もる場所と、そこからの逃走。意識の内にあったのだろうが、何の意味も持たなくなったその行為は、いつの間にか鶴子に染みついた習慣だった。

舅の部屋の前に置いてあった布団を部屋に入れようと、黒い漆の桟に嵌められた襖に手を掛けたが、襖は一寸ほど開いただけで止まった。和夫が亡くなってからおそらく開けられなかったのだろう、鴨居や敷居に歪みが出て来たのかも知れない。

僅かな隙間から舅の臭いが漏れて来た。夫の和夫も決して素振りには出さなかったが、湿った布団に滲みついた濃い体臭の臭いだった。布団を干す場所のない屋敷。陽当たりのよい南はすべて庭にあてがわれている。鶴子は北の離れに移ってからようやく風の通る場所に布団を干すことが出来た。

臭いと共に言葉にならない気持ちの悪さが鶴子の躰に纏わりついてきた。

こんな部屋で眠るのは厭だ、と思った。座敷も仏間も使ってはいけない。何より、電話のある台所の近くから離れすぎていて、トミ江からの連絡を聞き漏らす恐れがあった。

台所のテーブルと椅子を隅に寄せ、床を拭いてそこに布団を運んで敷いた。

片桐家の台所は意外なほど質素に出来ていた。台所は門構えや座敷、庭に対して、釣り合いのとれない簡素な設えだった。屋敷の北側に造られ、火を出さないことだけを考えた小さな造りだ。今はトミ江が使っているかつての女中部屋も、台所に造られた急な階段を上がる中二階にあり、母屋はそこ以外すべて平屋だった。もし台所から火が出ても北風が吹かない限り、火は中二階に上がり、そこだけで完全燃焼するのだと和夫から聞いていた。

眠られないまま、トミ江からの電話を待った。

民雄のことを心配しなければならないのに、その思いが少しも湧かない。そればかりか、民雄が倒れたと聞いても動揺はなかった。実の子供ではないから情が欠けているのか。音無川に行った報告を民雄にすると、民雄は腰を屈めて胸を押さえていた。以前から胸が痛いと言っているのをトミ江から聞いていたので、病院に行ったの？　と訊いたが、ゴルフ三昧の生活から抜けられないのか、鶴子の言うことに耳を貸さなかった。鶴子と会話をしたくないとでも思うのか、背中を向けたまま手首だけを振って構わないでくれと応えた。

民雄は小学校の高学年になると、誰もいない所で鶴子に正直なはやし言葉を浴びせた。

——ホッチッチ、構《かも》テなや、お前の子やなし孫やなし。幼い頃から他人を自分の生活の中に入れないこの街の知恵が、大人になって手首の振りに代わっただけだ。

そう言うやり取りが重なると、互いの無関心は気にもならず程よく安定する。血縁者だとそうはいかないだろう。

それにしても片桐家はなんと不思議な家なのだろう。鶴子は後妻に入って三代の当主を見て来たが、三人とも仕事を持たない。歴代の片桐家は多くの土地からもたらされる地代収入で、生活していた。だが、戦後は代替えごとに一つの土地が相続税で持っていかれ、民雄の代になって残っているのは、養護施設に貸してある二つの土地と、漬物農家に貸している北山や上賀茂周辺一帯の畑地、音無川の山林だけだと言うことが野坂税理士から聞かされた。片桐の家は盤石な資産を持っているわけではない。無為の当主が代を累ねるごとに確実に食い潰しているのだ。だが、ゴルフ場の会員権はすべて珠子名義で増えていると聞いていた。

うとうとしかけた時、電話が鳴った。廊下の隅に据えられている棚に置かれた受話器を取り、メモ帳を開いて筆立てからボールペンを取った。

「あ、トミ江です」

「はい。今、病院?」

「ええ。待合室にいます」

「で、民雄はどうなの」

「今、集中治療室です。危ないそうです」

「危ないって？」

「お医者さんがそう言いました。深刻だと」

「深刻？」

「はい。あらゆる手は尽くしているようです。でも……」

トミ江は歯切れの悪い言い方をした。

「で、珠子さんは？」

「珠子奥様は待合室の椅子に座ったままですわ。気絶してはる」

トミ江の口調に険が籠る。やるべき仕事の手際が悪い珠子に苛々している。

「どう言うこと？」

「さあ。センセの説明にも上の空で、うちがセンセに訊き返して、ようやくそこまで分かったんです。そしたらうちのことを、出しゃばりや、ゆぅて機嫌がわるぅなるし」

「あ、それは困りましたね。珠子さんと代わってください。私から言います」

トミ江と珠子の小競り合いが聞こえた。離れの奥様って誰のことなンや。片桐の家には二人も奥さんがいる、言うことなんか？　離れの仕事は雑用だけや、母屋のことに口出しせんといて欲しいわ。これからの段取り？　大層や。うちは疲れているンやわ、そんなことはあんたがやりよし、と。それでもトミ江がねばっている。

「代わりましたけど、何でしょう？」

「珠子さん、お疲れでしょうけど、今のあなたの立場を考えて下さい。あなたが動かなければことは捗《はかど》りませんよ。自分が何をしたらよいのか分からないなら、トミ江さんの言うことを聞いて、その通りに動いて下さい」

電話の向こうで珠子が「うっ」と息を呑んだ。鶴子もはっとした。言わなくてもいいことまで言っている。何でも手落ちなく事を運ぼうとするいつもの癖がここで出てしまった。

「おうち、誰に何を命令してはンの？　うちは一行の出やし、乞われて片桐に来たンやけど、そのことを知らはらへンの？　そうやとしたらほんまにかなンわぁ。民雄さんからおうちのことはあれこれ聞いていています。おうちは夜働いてはったそうやわねえ。そんな人が何で一行から来たうちに指図しはンの？　自分の立場を考えはるのはおうちの方やないの？　山水小屋に行ってもろたのも、同じ屋根の下で暮らしとうなかったからやのに。民雄さんかて、何であんな素性の女を片桐の家に入れたんや、って、父親を恨んではります。民雄さんには、ちょこっとやけど、大分の格下やけど、うちらに続く血ぃが入ってはります。何時も北の方を見て、あいつらがあそこにいることを思うだけで気分が悪ぅなる、言ぅてます。いい機会ですや、おうちこそ自分の立場を考えはったらえぇンちゃいますの？」

珠子はそう言うと電話を切った。

降ろした受話器に手を掛けたまま立ち竦んだ。

こんな日が来ることは分かっていた。分かっていたことだからうろたえることではない、と言い聞かせているのに、自分がひどく小さな人間になって行くのを感じる。他人からミスを指摘されないようにこの家で懸命に働いた。使用人ともうまくいっている。だが、珠子の言葉で一行家と片桐の家が途方もなく大きな存在に思えてしまった。

片桐家に長居をし過ぎた……。やり直しは出来るのよ、大きなチャンスは二度。鶴子はそれを見逃した。

鎮まらないざわめきがあった。意味のない負い目だと分かっているのに躰が震える。

目の前が暗い。また現れた……暗い道にさしかかった自転車の行く手を遮り、執拗に追い回す男。廃屋の錨小屋。荒川に上がった拓海の変わり果てた姿。洲崎の男の言い分。母の完全武装した応答。ひたすら貧しかった同志社時代。世界から見棄てられていたと覚った日々。住ノ江登紀子が見せてくれたブラックボックス。それらが雪崩となって鶴子を呑む。鶴子の三千世界、どこに陽の当たる場所があったと言うのか。雪崩に呑み込まれたって、そこにはそこの暗い闇があるだけだ。

ボールペンを筆立ての中に戻す時、ペーパーナイフが手に当たった。ナイフの柄には杉の葉が精緻に彫られている。刃もペーパーナイフにしては鋭利だ。片桐にこれを納めた職人の自信は時としてその役目を超える。

電話機が置いてある棚に設えられた杉柱にそれを当てた。床柱には使えない細い杉に見事なしぼが入っている。杉をまっすぐに成長させるために枝打ちをし、針金を巻いてしぼを作る片桐の床柱。屋敷の至る所に惜しげなく使われているかつての片桐家を象徴する北山杉。公家屋敷の造営に献上された名誉品。

ペーパーナイフの折れる音で、はっとして手を止めた。

次の日、トミ江が珠子の洋服を取りに戻った。トミ江は疲れていた。ご苦労さんと言葉をかけようにも、鶴子と目を合わそうとしない。珠子が電話で言ったことはそれだけの力を持っていた。

「珠子さんは川奈のホテルに滞在します。私も珠子さんと交代で旦那様の様子を見守ります。珠子さんの着替えの服を取りに私が時々帰ります。珠子さんの言伝ですけど、もしかの時は向こうで火葬にするそうです。川奈にはご維新で京都を離れたお仲間のゴルフ友達がいて、そう決めたようです。奥様はすぐに母屋を出て離れに行くように、って」

「火葬？　そんな話まで？　民雄の容態はどうなっているの？」

「すいません、それも珠子さんから口止めされています」

「そうですか」

鶴子はトミ江が出て行ってから離れに布団を運ぶことにした。つまらない見栄だとは分かっていたが、トミ江の目の前でそれをすることが出来ない。

台所の窓が少し開いている。庭師の持つ箕が、窓の隙間に見えた。

予定していた今日の仕事が片付いた。

洗った箕を台所の外壁に架け終わると、開け放った台所の窓から、煙草の匂いと、トミ江が電話で誰かと話しているのが聞こえた。

「おもろかったえ、うちも知ってはいたンや、鶴子さんが水商売にいたンは。垢ぬけてはるさかいな。でも、高校生が深夜レストランで働いているご時世やのに、それを言い出したら世間は廻らンわな。ここの嫁は働いたことがないさかい世間の事情が分からへん。鶴子さんがどんな顔をしてそれを聞いていたのか分からンけど、さっき見たら普通の顔をしてはった。あの人、顔に出さはらへンから、内心はきっとメラメラやったと思うわ。せやけど、電話が置いてあるところの柱に傷がついてたさかい、な。分かるやろ？ なんぼよぅ出来た鶴子さんでも、突きどころによってはあぁなるんや。この勝負は嫁の勝ちやな。うちは嫁の着替えを運ぶ役目をすることになって戻っただけや、直ぐに向こうに行かんならン。ぇっ、旦那の具合、やてか？ 他所にはまだ言わンといてや。あんなぁへぇ、旦那は最大であと一週間保つかどうかの瀬戸際。

鶴子さんにはそれも言うなってかん口令が出た。母屋にも出禁にせい、やて。何も出来ひん半端人足のくせに、言いたい放題やりたい放題や。向こうで火葬にする手はずも出来ているみたいやで。せやろ？　話が進み過ぎや。実家の入れ知恵で動いてはる。あの嫁、言うことはノドグロ、腹はサヨリや。鶴子さんは涙金で早晩ここを追い出される。今度の片桐家の当主は夜の女と同じ空気を吸うのが嫌で、掘っ立て小屋を建ててそこに姑を放り込んだツワモノや、恐いえ。二言目には一行、一行、って食い詰めた実家の名前を持ち出して、おうちとは身分が違うって。明治百五十年、て、世間は騒いではるけど、百五十年なんてあのお歯黒たちにすれば、ミジンコがくしゃみをした間ァなんや。あ、あかん、切るえ。帰りが遅れたら、嫁のエステ顎に突き飛ばされてこけるがな、ハ、ゆぅたった」

母屋が無人になった。与一は仕事道具を納屋に入れ、隣に建つ離れに向かった。離れのドアをノックし、鶴子さんが出て来るのを待った。

「はい、トミ江さん？」

「いいえ、西駒です。母屋にはもう誰もいません」

「あ、出たのね」

「はい。あの、布団を運ぶのは私がさせてもらいます」

「あ、そうでした、布団が廊下に残ったままだったわね。でも……」

「お屋敷内の物を運ぶのは西駒の仕事ですから」

「そうですか、ではお願いします。あ、私も母屋に行きます。長いこと開けていなかった舅の部屋が、一寸ほど開いたままそれ以上動きません。きちんと閉めるか、開くようになるか見て下さい」

「分かりました、部屋の電球も切れているかも知れません、替えます」

母屋は玄関も台所のドアも鍵がかかっていた。底意地の悪いやり方で鶴子さんが母屋に入れないようにした、と与一は思った。トミ江は鶴子さんに忠実だと思っていたが、その時の成り行き次第で態度を変える。油断が出来ない。

鶴子さんは、困ったわね、と言った。

「何の心配もありません、西駒はこの家の玄関、台所、駐車場、通用口すべての鍵をお預かりしています。表の門は閂《かんぬき》ですから外からは開けられませんけど」

「あら、そうなの？」

「はい、昔からの習慣です。今の旦那さんがご存じかどうかは分かりませんが、何かの時に西駒が駆けつけて庭を守るのが役目ですから」

与一はそう言って台所の鍵を開けた。

台所には煙草の匂いが籠もっていた。窓を開けると、葉の落ちた木立の奥にモルタル塗りの離れの壁が見えた。母屋に比べるといかにもみすぼらしい作りだ。離れと納屋が粗末であればあるほど、母屋の当主たちは自分たちの立場に満足したに違いない。鶴子さんは先代当主の奥さんであるのに、何故自分の立場を主張もせずに離れで暮らすのだろう。

布団を離れに運んだ。

「ありがとう、助かりました。西駒さんにこんなことまでさせて」

「いいえ。この家の大方のことはやっています。もっとも小さな事ばかりです。大きなことは専門の人が入りますから」

「それでは、舅が使っていた部屋の襖を見てくれますか?」

「はい」

鶴子さんは与一の後ろからゆっくりと従いて来た。

その部屋は納戸付きの八畳間で、窓のない行灯部屋らしいと鶴子さんは言った。眠りを妨げられるのを嫌い無音に近い部屋にしてあるらしい、と。らしいというからには、この部屋に入ったことはないのだろう。鶴子さんの言うように一寸ほど開いた黒い桟に手を掛けると、襖は重く軋んだ音を立てた。建付けが悪いわけではない。敷居に薄い木板が差し込まれてそれ以上開かないようにしてあった。それを伝えると鶴子さんはゆっくり頷いて、「どっちにしてもこのままにしておくわけにはいきませんね」と言った。

与一は分かりましたと言って、腰に下げた大工道具の中からノミと小さな木槌を出して敷居に当てた。木屑を掃い、襖に手を掛けると襖は開いた。中から湿り気のある澱んだ臭いが一気に走った。鶴子さんは与一の後ろに、隠れた。

「西駒さん先に入って。厭な臭いがするから」

「窓がないので換気が出来ていないせいです」

そう言って一足先に部屋に入った与一は、「あ、」と声を上げた。暗い部屋の壁に穿たれた丸い孔から隣の部屋を通って陽が射し、そこだけ埃が揺れていた。

「西駒さん、どうしました？」

「ええ……壁の釘隠しが外れて孔が開いています」

「えっ、この部屋も壁に孔が開いているの？」

鶴子さんは部屋に入って孔を覗き、後ずさりをした。何なの、これ、と言ったようだったが足が縺《もつ》れて、躰が崩れた。与一が手を出すと、鶴子さんは、大丈夫です、大丈夫ですと言いながら部屋の外に出た。

「西駒さん、釘隠しをきちんと留めて下さい」廊下から鶴子さんは言い、与一は「はい」と応えて壁に開いた孔の前に立った。

与一が覗いた孔から隣の部屋が見えた。何なの、これ。と言った鶴子さんの言葉が、何を意味していたのか知った。

暗い部屋の天井から下がった裸電球を変え、舅の部屋の釘隠しを元通り壁に打って孔を閉じた。そこを閉じると隣の部屋の釘隠しも連動して閉じられる。舅の部屋に設えられた牡丹の釘隠しは、隣の部屋の釘隠しを自在に開閉出来る細工がしてあった。

仕事を終えて部屋を出ると鶴子さんは廊下で壁に凭れ、膝を抱えて座っている。茫然としているようにも、何かを深く考えているようにも見えた。

こんな時与一はどうしたらよいのか分からない。布団は運び終え、開かなかった部屋の襖も開けた。このまま黙って帰るのが鶴子さんを傷つけない一番の思いやりだろうと思った。壁の孔など誰も見てはいない……。

「西駒さん、部屋の電気は点きますか？」

鶴子さんが訊いた。

「はい、電球を変えました」

「そう。西駒さん、納戸の鍵は開けられますか？」

「えっ、納戸ですか？」

「ええ、納戸。片桐のすべてがそこに詰まっているはずよ」

鶴子さんはそう言って立ち上がった。

片桐家のすべてがそこに詰まっている鍵のかかる納戸。鶴子さんはそこを開けようとしている。

与一はトミ江が電話で誰かに言った言葉を思い出した。他所には言わないで、旦那さんは保ってあと一週間。そうだとしたら、片桐家の次の当主は、鶴子さんだ。西駒の案内で音無川の山懐に入ってもいない人間は、片桐家の当主にはなれない。

「何とかなります」

鍵を壊しても取り替えればいいだけだ……納戸に見合う古い鍵もいくつか持っている。この家の誰も古い鍵を憶えてはいない。

ネジ廻しを挿し、目打ちを添えて回すと納戸の引き戸は難なく開いた。


――片桐の家を継ぐ当主に野卑児の話をしておく。野卑児は北山の奥で親にはぐれた樵の子供らしい。里に下りて来たところを山師が見つけて連れて来た。昔から、里に下りて来た子供を人足に仕立てる生業の北山衆を飼っているので、その一党が連れて来た。目通りを許したのは子供が並外れた美形だったからだ。美形は残せと伝えてあった。だが、着ているものは襤褸《ぼろ》に藁《わら》を繋いだむさくるしいもので、橋の下に屯す乞食より更に見苦しい。年は十歳前後。あの頃は村でも飢饉が続いていたから、おそらく、山の中に棄てられたのだろう。名前も年も言わないので、野卑児――ヤヒコと呼ぶ。

　明治十一年、京都に残った公家華族は七十九家百二十名。新政府に同行して東京に行った公卿たちが手放した山野は手に入れたが、人の入れない荒蕪地ばかり。そこを北山衆に管理させるのに人手が要った。ヤヒコは食い扶持に見合う仕事をすればよい。もしもの時は美形も河原乞食として使える。

　ヤヒコは逞しい人足になった。死んだ子供の死亡届を出していない山師の子供として戸籍に入り込み、十八の時に、かつての同朋衆の流れを汲む西駒に預けた。ヤヒコの戸籍の名前が何だったのか憶えがない。ヤヒコは西駒の元、山水の仕事で異能を放つ。庭石の配置に余人が思いつかない奇策を弄し、海山自在に設える。空間の捉え方が並の技ではない。子供の頃からあらゆる物を空中から眺めて暮らしていたに違いない。やはり樵だったのだろう。ヤヒコの造る山は深く海は広い。西駒に命じてヤヒコを西駒の養子にさせる。異能は飼う。これも片桐の習いだ。

　一行卿から、孕んだ女官の始末を頼まれた。一行家も東京に住まいを移すことが決まり、聞き分けのない女官が足手纏いになったと言う。女官の大叔母は鎌足を主とする堂上の流れを汲む名家。一行家より格が高い。事を荒立てたくないので密かに取り扱え。この街に残して本人が諦めるのを待つ。うまく事が済めば音無川の土地をやる、と。

女官を屋敷内に住まわせたが、余りの気位の高さに片桐の秩序が保てなくなった。使用人の前で当主を顎でしゃくり、お上を呼んでくれと言い出す。お上が誰なのか片桐は知らない。一行卿なのか、さらに格上の家なのか分からないが訊かない方が身のためだ。女官は照子と言う名だった。照子の傲慢さに当主の我慢も限界に達した。北東の鬼門にあった蔵に照子を閉じ込めた。それを知っているのは女中頭の老婆、一行卿と片桐当主のみ。見張りの小屋を建て、ヤヒコをそこに住まわせる。

秘道衆の煎じた「草」を照子の食べ物に混ぜて与える。「草」は目をやられると聞いている。見えなければおとなしくなるだろう。そうなればまた屋敷に戻す。

「草」は効き目が強く、日毎に照子の奇声が蔵から漏れ出す。秘道衆の話では男を与えろ、と。若いヤヒコに相手をさせた。ヤヒコは毎晩蔵に入って照子の奇声を溶かす。ヤヒコは使える、命じたままに動く。

照子はヤヒコを片時も離さない。「草」の効き目は、照子をお上から完全に離した。恐ろしい「草」だ。秘道衆は消えては蘇る滅び切らない衆徒たちだと言われている。だが、ヤヒコは蔵に入りたがらなくなった。達磨のお守りをする代わりに、鳴滝に実生の木を植える土地が欲しい、と。何という知恵者か。照子のお守りはヤヒコしかいない。鳴滝に土地を与えると、また蔵に入った。あの時のヤヒコには般若の相が見て取れた。油断は出来ない。

女官照子が死んだ。臨月近く、薄明りしか拾えない目で、匍匐《ほふく》してヤヒコを求め、ヤヒコ、来ておくれ、と叫び続けた末のさまだった。

ヤヒコは音無川の麓までリヤカーに二俵の炭俵を積んで運んだあと、見咎められないための一俵をリヤカーに残し、一俵を背負子に括りつけ山道を登った。手には懐中電灯とシャベルを持ち、音無川の上流に向かった。目的の場所の目印は柊《ひいらぎ》の木。そこでケリをつけよ、と命じた。

西駒との腐れ縁の始まりだ。山水者の生活を丸抱えする羽目になったが、音無川の辺り一帯が手に入った。西駒は生かす。恐れなくてもよい。手を汚したのは西駒だ。直ちに蔵と小屋を壊す。この件は片桐家と一行家との関係を盤石にしてくれる。一行家は上賀茂にまだ土地がある。いずれ片桐のものになる。そのためには、女官の残した品々を決してここから出してはいけない。片桐家が災難に見舞われた時はこの品を一行家に示せ。そうすれば一行家ばかりか、天が裂け、地が割れる。

ヤヒコの子供は凡器。孫もそうなる。都合のよいことよ。飼い殺しにせよ。

明治も二十年過ぎた。京都に残った公家たちの貧窮ぶりが世間に漏れ始めたので、世情に疎い彼らの行状を一つ二つ書いて置く。

色事や詐欺、近欲《ちかよく》に走り、当主の判や書類を偽造して家屋敷を売る嫡子が横行し「家資分散宣告」を言い渡される。「四民ノ上ニ立」「国民中貴重ナ地位」「皇室の藩屏《はんぺい》」これらを弁《わきま》えて行動せよ、とのお触れあり。

中でも「梅園事件」は、入れ替わり現れる素性のよくない女に親子が翻弄されて見苦しき振る舞いを続けた。これに似た事件は多々あり。色事から女を殺す華族もこの頃二件。借金を逃れようと「私文偽造」、「詐欺」は凡例となった。

この街に残った京都華族・奈良華族の多くは、東京に暮らす武家華族や新華族よりも困窮ぶりは酷い有様だが、公家たちはいずれ天皇が御所に戻ると信じているふしがある。

大正の公家に特筆すべきものはない。ただただ目を背けるばかり。片桐の資産も大正を最後に増える兆しはない。困窮華族が持つ下賜の品も底をついたと聞く。

昭和天皇の御代に公家が息を吹き返した。大きな戦争が始まり天皇が大元帥陛下に。昭和十八年七月時点で京都府内に二十六の公家華族がいた。かつての京都華族が借金塗れになったように、世情に疎い神国も有形無形の借財を作って戦争を終えた。

一行家から片桐に依頼が来た。闇米も買えない残留華族に食べ物を分けてくれ、と。闇米が手に入らないのは片桐とて同じだが、片桐には闇を通さなくても米ばかりか魚にも不自由はない。一行卿はそれもご存じだ。杉の植林地である中川は、かつて御室御所の荘園地、山を分け若狭に入る西の鯖街道に通じる道がある。片桐が若狭からそれを運ばせていたのを一行は知っている。徳は積むものよ。栄養失調で死にかけている公家に若狭の米と塩鯖を届けると、あの誇り高い家が片桐に手を合わせ、やせ衰えた白い顔で涙を流して陛下の近況を漏らす。憲法草案の折、陛下は、「皇室典範改正の発議権を留保できないか、又華族廃止についても堂上華族だけでも残す訳にはいかないか」、と申されたと言う。いやはや、負け戦から僅か七か月後の昭和二十一年三月に、昭和天皇が胸の内を漏らしたお言葉がこれやったとは。京都駅には浮浪児や乞食が溢れているのに、昭和天皇はお身内になんとお優しいことよ。堂上華族は御所清涼殿・殿上の間に昇ることを許された五位以上の公家。それ以外は地下。天皇のお優しいお気持ちを知り、かつての地下身分でさえ泣いて、報われなかった明治以降を偲んだと聞く。耳寄りの話なので記す。米鯖侮るなかれ。

この街に御所がある限り、いや、天皇がいる限り、堂上公家・地下共々、かつての誇りを持ち続け、みやこ人も彼らの誇りを共有し、絹衣の砦を作って支える。それは津々浦々にも及ぶ。

この街で生き延びるには、亡霊公家たち、みやこ人たちのプライドを踏まず、伏して宮城を拝む。それだけだ。心せよ。

ほっ、ほっ、和夫、でかした。今度は飼い甲斐のあるおなごやないか。一銭も持ち出しせずによう手に入った。アズマの田舎から出稼ぎに来ているおなごで鶴子、言う名ぁやてか。名前なんかどうでもえぇがな。仕事も出来るし、民雄にも目配りが利いている。そつなく何ンでもこなしとる。ここで飼っておくのに丁度ええ。

ほっ、ほっ、前のおなごはほんまに味ない玉やった。一年も経たないうちに飽きてしもぅた。つまらんものを見続けるのも辛い。そこそこの家から買ったおなごやのに、気ぃの利かん木偶《でく》やった。

何ンや変わった匂いがするおなご、やてか、何ンや？　ほっ、ほっ、桂の木、の匂いやてか？面妖な……。ほっ、廓上がりではない、と？　さよか……廓のおなごは手入れされているさかい、どことのぅ甘い匂いがするわな。甘ぅなるよう仕込まれている。ほっ、ほっ、ン？　野趣が漂ぅてる、とな。ほっ、ほっ、でかしたのぉ。

わしもこれで寿命が延びた。わしの寿命を延ばしてくれたおなごだ。賢く仕事が出来るさかいこの家には置いておけ、使える。取り替えても当たり外れが大きすぎて難儀やさかい籍にも入れてやれ。子を産む必要のない玩具よ、使い物にならんようになったら北に小屋を建ててそこで飼い続ければええ。何代か前にもそんなことはあったさかいな。よくよく手に余ったら西駒に引導を渡して始末をさせればいい。西駒の所業はこっちの手にあるさかい、それを使って負わせればええ。西駒にはその手の仕事もやって貰わねば、な。ヤヒコと言う樵上がりと違い、こっちに刃物を突きつける図太い料簡《りょうけん》は今の西駒にはない。だが、凡器は凡器なりの使い道はあるさかい、そこらを見極めて使い、それでよしとせい。

高い塀に囲まれた屋敷は外の音をすべて遮断していた。家の中もその広さゆえに人の声がなくなると、納戸の中は鶴子さんの呼吸と紙を触る音しか聞こえない。

与一は鶴子さんが納戸から出て来るのを廊下の隅で待っていた。鶴子さんが納戸に入ってから三十分以上経っている。

廊下の壁に凭れていると、電話機の置いてある棚の柱に目が留まった。何だろうと近づくと、蜜色の杉柱に幾筋もの掻き傷が出来ていた。まだ新しい傷だ。傷の窪みから細かい木屑が零れている。トミ江が電話で話していたことが蘇った。

指先でそれを拭うと、与一の中に小さな快感が走った。鶴子さんがこの家に対して抱いたものが、与一の指先を通して直に伝わる。

鶴子さんは母屋を嫌っている、片桐の家屋敷を嫌っている……。そう思った時、鶴子さんが納戸から出て来た。

「西駒さん、お待たせしましたね。ここでの用は済みました。納戸の鍵を掛けて下さい。それと……西駒さん、桂の木って、どんな匂いがします？」

「えっ、桂の木ですか？　桂は塩・醬油の匂いがする、と言う人もいます」

「あ、塩・醬油の匂い、ですか？」

鶴子さんはそう言った後、納戸から持ち出したらしい紙の束で、自分の左手をはたいた。鋼《はがね》に鋼が当たった時の音だった。

舅の部屋の納戸を開けた二日後、鶴子は、民雄が川奈で倒れる前にあらかじめ連絡をしておいた税理士の野坂と「皇領寺」で待ち合わせた。時期が時期だけに民雄のことを伝えて日を変えようと思ったが、野坂にそれを知らせるのは珠子の役目だ。鶴子が珠子から負わされた仕事は、「皇領寺」の新墓所を見て置くことだった。民雄の代わりに音無川に行ったのも同じことだ。それと、何度も届いた新しい墓地の区画選びを、これ以上遅らせるのは、寺に迷惑が掛かる。寺は何年もかけて新墓所の計画を立て、それに沿って動く組織でもあるからだ。

「皇領寺」の寺務職の男には、見憶えがあった。和夫が亡くなった後、幾度か寺を訪れた時に案内をしてくれた男だ。だが七回忌が過ぎて鶴子が「皇領寺」に来ることはなかった。民雄が「もういいでしょう」と、鶴子の墓参を止めた。

寺務所の男は鶴子と連絡がついたことでほっとしているようだった。

「片桐様、お待ちしておりました、良いお日和に恵まれてよろしゅうございましたな」

「家のものがもっと早くにお訪ねしなければならなかったのですが、遅れて申し訳のないことでした」

「いいえ、どなたさんもお忙しいですから。片桐様のご事情は野坂先生からも伺っておりました。でも、奥様はお元気そうで安心いたしました」

寺務の男は鶴子の着ている薄墨の長着、滅紫《めっし》の道行に目を当てて言った。着物を憶えていたのかも知れない。三、四十年前まで、この街で働く人の四人に一人は糸偏関係者だと聞いていた。本人がそうでなくても、親兄弟や配偶者を当たればそこに行きつく狭い業界だ。男も女もその道には通じていて値踏みもする。地味なひと揃えであったが、片桐の家に後妻に入る時、住ノ江登紀子がお祝いだと言って持たせてくれた。舅の葬儀、夫の葬儀、それぞれの年忌法要、片桐家の仏事があるたびに出番となる一式だった。

片桐の仏事があらかた済んだら黒共帯の芯を変えなさい。芯は傷んでいます。喪に使ったものは他人任せにしないで鶴ちゃんの手で糸を解くこと。分かった？　鶴子に命令などしたことはないのに、この時、住ノ江は黒共帯を撫でながら鶴子の手で帯の芯を取り替えるように命じた。その言葉の通り帯は力をなくし、結ぶ時手際が悪かった。和夫の十七回忌を最後に大きな仏事も終わっていたので黒共帯は締めてはいない。

「皇領寺」の旧墓地は東山の山裾で絢爛《けんらん》な墓碑銘に彩られていた。

「何回来ても驚かされます、すごいですね……」

鬱蒼とした木立に覆われた旧墓地を歩いている時、税理士が、一基一基に刻まれたこの国のかつての名士たちの名に絶句している。それぞれはそれぞれの出自の地に別の墓を持つのに、どうしてもここに「分骨」して『皇領寺』のメンバーになりたいと思い、この地に墓を建てる。生前の業績や、ここに墓を持てるまでになった誇らしさを、永劫《えいごう》に保証してくれる大事な寺だと言うことらしい。

珠子の実家「一行家」の墓も『皇領寺』の「奥の院」にあると聞いている。そこは管理警備も完璧で、出自素性のはっきりしない名士たちの墓とは比べ物にならない扱いだと言う。公家の屋敷を造るための材木と、そこで使われる上質な炭を焼いて財を成した片桐家も、この街の小さな材木商でしかなかった。舅の部屋の納戸を開けて何もかもが分かった。ここに墓を持てたのも、一行家が絡む汚い仕事を引き受けたからだ。片桐にとって、「皇領寺」は、片桐の汚れた手を隠すばかりか、「奥の院」も共犯者だと言う恫喝《どうかつ》が見え隠れする。木の伐採や炭焼きなどしなくても、一行家から持ち込まれる仕事を手際よく処理すれば山も畑も手に入った。だが、そんな時代はとうに終わっていた。

旧墓地を抜けると急に視界が開けた。墓地を覆っていた木々が悉《ことごと》く伐採され、秋の日が穏やかに満ちていた。

「あ、ここですか？」

「はい。お送りしたパンフレットの場所です。ここだけではなく、他にもいくつかお勧めしたい場所もありますから、そちらにもご案内します」

寺務の男は晴れがましい声で言った。

「いい所ですね。明るくて、清々しい」

お世辞ではなかった。そこにはすでに幾つかの墓石が据えられ、それの多くは地に斜めに寝かせた平石で、愛、永遠、中には、忘れ得ぬ人、など散文的な文字が思い思いの書体で刻まれていた。「皇領寺」ですら墓に対する考えが柔軟になったことを新墓地は示していた。

夫の和夫の代までが納められている東側の墓地は、明るさや解放感がない。深い木立の中で揃って立方体の石に家の名を刻んで累代を示している。片桐の家に残る限り、鶴子もそこに押し込められるのだろうか。いや、恐らくそうではない。鶴子を片桐の墓に入れることを民雄や珠子がするはずはない。むしろそれは鶴子の望むことだった。鶴子は死んで初めて二人のお膳立てに感謝する成り行きだ。だが、珠子の場合はどうだろう……。

野坂税理士が感嘆する東の墓地は厳かではあったが、死してなお権勢を誇示する骸《むくろ》が、己の存在を忘れられてなるものか、と地下でスクラムを組み、かつての虚名を支え合っているように見えた。故人がそれを望んだのか、遺族がそれを考えたのか分からない。

平安の上皇の中には、「散骨」をした人や、死後の世界など信じていなかったと思われる無神論的な考えを持っていた人もいたと言う。彼らは弟と兄、桓武帝の子供たち淳和《じゅんな》、嵯峨《さが》だ。この地に都を移した時、彼ら一族は、悪意と奸計で追放した早良《さわら》親王の怨霊に怯え、仏に縋《すが》り、陰陽師の卜占に耳を傾けていたのに、死後の世界に安寧を見ることもせず、残る人々によそよそしい薄葬の遺言を残した。淳和は火葬の後西山に散骨、嵯峨は棺を埋めただけで盛り土も植樹も拒否。上皇であったために許されたとも言われるが、時代を考えればその放埒《ほうらつ》さは虚無に近い。そのことを何かの本で見つけた時、鶴子は二人の自由な選択に驚かされた。ことに嵯峨は、三十数人の女に五十人の子供を産ませたツワモノだ。能筆、文芸の才、政治力、唐《から》ぶり、空海への傾斜。どれをとっても並外れている。弟淳和の遺言である散骨をあっさりと認め、自身もこの世の栄華を味わい尽くした挙句、来世を恃《たの》む派手な墓陵をあざ笑う極端な薄葬を選んだ。これが驚かずにはいられようか。帝であった兄弟の遺言から、後の帝代は、何か学んだであろうか。帝位を累ねる度に枝分かれし、すでに元の血脈の根拠さえ危ういと言うのに、光格枝葉の風が世を乱し、末に何をもたらしたのか。何故彼ら一族の血を拠り所にした号令で外国を蹂躙《じゅうりん》出来、自国三百万人が殺されなければならなかったのか。皇統を言うなら彼らのすべての墓陵を開いて血の流れの根拠を提出しなければ筋が通らない。科学の力ですべては明らかにされるはずだ。墓陵は、殺され家を焼かれた人々の税で手厚く守られていると言うのに。

止めよう、母が言った言葉を思い出す。お上からの命令ばかりであの戦争が続けられたわけではない……。

寺務職の男は誇らしげに新しく切り拓かれた新墓地に立つ。鶴子と野坂税理士も男に促されて遮蔽物が何もない広場に足を入れる。そこは日差しがたっぷりあった。余分な木は伐られ、道には、見栄えはいいが足場の悪い玉砂利など敷かれていない。車椅子でのお参りも出来るようにしているのか、コンクリートで出来た道に、所々読点のような息継ぎの芝生が軽やかに交差していた。伸び伸びとしたそこに立つと、ここでも「無名碑」さえも許される寛容な時代が来たのかも知れない、と思わせた。

寺務の男が示した片桐家の新しい墓地は、これから累ねる代替わりを想定しているのか、想像していたよりも広かった。決まったわけではないので墓石はまだない。最初の入居者は真新しい墓の下で思いっきり寛げるだろう。出来れば、誰も入れずにひとりで、来し方を一つ一つ思いつくまま拾い、未熟の時に描いたまま果たされなかった夢に涙し、恋焦がれたあらゆる魅惑の幻を見て微笑み、残酷な振る舞いで人を傷つけたことを魍魎《もうりょう》たちに引き摺り出され、ひたすら詫びる。そこでは、この世のあらゆる桎梏《しっこく》から解き放たれた末の、精神の自由が待っているのを予感させる。そうだとしたら何という豊かな日々だろう。墓には何の興味もないのにそれを思い、鶴子は不覚にも涙ぐみそうになる。

「皇領寺さん、ここでお願いします。墓石の形や墓碑銘は、あとで家のものがお伝えすると思います」

鶴子の一言に寺務の男と税理士は顔を見合わせた。即決だったので驚いている。片桐家の仕事をする時の鶴子は何時だって手早い。

あとの事を野坂税理士に任せて御室の家に戻った。

通用門の呼び鈴を押すと西駒が中から鍵を開けてくれた。鶴子がいつ帰ってもすぐにドアが開けられるように、玄関に通じる袖垣の傍で蹲《うずくま》り、小石に埋まった満天星躑躅《どうだんつつじ》の小さな枯れ葉をピンセットで拾っていたようだった。

「ただいま」

「おかえりなさい」

「母屋の人は？」

「どなたもおりません」

「そう。トミ江さんがじき戻るはずです。天神さんの日が近づいていますから」

トミ江は毎月二十五日の天神さんの日に北野天満宮にお参りに行く。片桐の家に来てからもその習慣は変えていない。変えてしまうと積年の御利益が帳消しになるのだと言う。そればかりか、お参りをおろそかにしたら、道真さんの曰く因縁が取り憑いて、祟られる、と言っていた。

「あ、納戸はお願いした通りに？」

「はい、元のままに戻しました。電球も前のものに戻しましたので切れたままです」

「西駒さんの仕事はいつも完璧ですね、ありがとう」

西駒は恥じらって頭を下げた。

鶴子の背中に西駒与一の負った宿業が痛々しく迫る。何代にも亘って片桐家に従う特異な関係。この男の持つ暗さは運の悪さや顔の傷から来たものではなかった。まだ四十半ばだと言うのに、五十をはるかにこえた「枯れ」が全身に滲んでいる。自分自身を放棄した諦めがそれを作ったのかも知れない。だが、この男の中に、希望と言う小さな焔《ほのお》が芽生えたら、この男は負わされた宿業に牙を剥く。そんな気がしてならない。

鶴子は母屋から北の離れに向かった。

一歩一歩と北に向かうと、冷たい風が纏わりついて来る。和夫が亡くなった十七年前にここに住み始めた時は、まだ体力もあった。なさぬ仲の民雄から持ち出された「遊び部屋」への移動にも、悪意を持って受け取ってしまう老いの僻みもなかった。だが今は躰の衰えに引き摺られて、いじけた暗い呟きに歯止めがかからなくなりそうで恐かった。母屋を嫌っているのに、そこから締め出された屈辱が今頃になって泡立ち始めた。

離れと納屋の辺りで乾いた風が渦巻き、神経質な声をあげていた。ちりちり、ぱきぱきと夜中まで続く風と木々の擦れる音。立ち止まって見上げると、離れと納屋を囲む木立は葉を落とし、瘦せた枯れ枝が風に叩かれて軋んでいた。裸木となった木々には北風から母屋を守る役目などない。二つの小屋は風の中でただみすぼらしい姿を曝《さら》しているだけだった。鶴子は母屋を凍てた目で見つめ、「みんな消えろ」、と言った。

背中に人の気配を感じた。鶴子のすぐ後ろに西駒がいたのに気がつかなかった。西駒は道具を片付けようとしたのか、鶴子に頭を下げると納屋に入った。

鍵を開けて部屋に入り着替えたところに、母屋の方からトミ江が大きな声で何か言いながら走って来た。鶴子がドアを開けると、

「えらいことです、昨日の夜、旦那さんが亡くならはりました。明日向こうで火葬やそうです」

トミ江の声は、二つの小屋を早鐘のように撃つ。

「えっ？」鶴子はそう訊き返して言葉に詰まった。民雄の容態が深刻だと聞いていたが、これほど切迫していたとは。だが、動揺はなかった。えっ。と、反応はそれだけだ。

「明日の夜か明後日には珠子さんがお骨を持って戻らはります。一行さまのお身内の方もご一緒です。で、座敷や仏間を奥様が掃除しておくようにと。私がふらついているさかい、倒れたら珠子さんが困らはるからですワ」

「あぁ、そうですか、座敷と仏間の掃除ですね……」

「あの、掃除が済んだら奥様は里に帰るか、ここから一歩も出たらアカン、やて……とのこと

です。一行の人が帰ったら出てもええ、っておっしゃって、言わはった、あ、あ、関東弁にやられてしもた、何ンやうまいこと口が回らンがな」

トミ江は自分でも何を言っているのか訳が分からないのか、もう無茶苦茶や、年寄りをこき使こぉてからに、かんにしてほしいわぁ、と言いながら母屋に行った。

納屋から西駒が出て来た。辺りに目を走らせ、母屋を背にして鶴子に鍵の束を手渡した。片桐家の鍵だ。どの鍵にもそれを開ける場所がどこなのか印がついていた。鶴子は言葉を出す代わりに西駒の目を見た。納戸を開けた日から鶴子と西駒は、視線が合うとほんの一、二秒互いの目を見つめる刹那の会話をする。了解の出来た具体的な何かが交わされるわけではない。ただ、視線の中に、納戸を侵したあの時の二人が消えずに残っていた。

鶴子に一礼すると西駒は通用口の方に向かった。耳を澄ませると、屋敷の北側に造られた駐車場からジープが出て行く音が聞こえた。

鶴子の掌に「片桐家」が乗っている。重い。何かが始まり出したと思った。何が始まるのか鶴子には分からない。だが、何かが始まる予感に鶴子のあらゆる感覚が微振動を起こし頻りにざわつく。この不穏な胸騒ぎは何だろう。胸の中の細かな水泡が撥ね粒となって広がって行くのが見える。でもそこから沸騰に繋がる気配がない。細かな泡粒には滾《たぎ》りを起こす力がない。老いてしまった、と感じた。これだけの微振動に煽られているのに、立ち上がるための強い方向性が見えない。

仏間と座敷の掃除を終えて、民雄の部屋からはみ出していた紙箱の中の薄紙を掌の中で丸めると薄紙は白い芍薬になった。蕾五分咲き満開。どの箱の薄紙も華やかだ。それを崩さないように台所のテーブルの下に積み上げた。仏間にあったいくつものゴルフバッグを舅の部屋の前に重ねて立て掛け、一番軽かった曇り空色のゴルフバッグを手に取った。

トミ江は眠っているのか、中二階にある四畳半の部屋からは物音ひとつ聞こえない。これから数日間、鶴子は一行家や珠子から離れに閉じ込められたと言う茶番を演じ切る。何のことはない、離れも納屋も、いつだって母屋からは切り離された人外の場所だ。

離れに戻って冷蔵庫の中を確認した。封を切ったばかりの二キロの米袋。塩鮭の切り身が二切れ、昆布と山椒の実の炊いたもの、豆腐と菊菜一束、卵、玉ねぎ、蜜柑。いつもは何げなく見過ごしていたのに、卵と玉ねぎの記憶が不意に蘇り、胸が熱くなった。蕎麦屋でアルバイトをしていた時に知った一番簡単な賄いだ。蕎麦屋のおじさんから天かすを貰った。おじさんありがとう。かまへんよ、持って帰り。なんにでも使えるさかい。確かに、出汁に天かすをひとつまみ加えるだけで、丼物も蕎麦汁もうま味が増した。十個の卵と三個の玉ねぎがあれば一週間食いつなげた……あの頃は、冷蔵庫に卵がない玉ねぎがない状態が、何よりも恐ろしかった。

記憶を頼りに作った卵丼はうまかった。躰が憶えていたとしか思えない、ひりひりと切迫した味だった。その切迫感は思いのほか強いエネルギーとなって躰の中に漲《みなぎ》って行く。沸騰が始まった……十八歳でこの街に来た時の自分の姿がはっきり見えた。アルバイトに明け暮れ、空腹を紛らわす知恵を絞った日々だった。何を考えていたのだろう、自分の出発点を見失っていた……。

一行家と片桐家、彼らには彼ら特有の強い思考の砦があった。彼らは北の離れに、あの戦争の流れ弾で男に暴行された高校生と、虐め抜かれて死んだ中学生の弟がいることを知らない。世界から見棄てられていた、と自らに酔い、訳も分からず左翼運動に巻き込まれた学生がここにいることを知らない。この世は闇だと教えてくれる人や、ブラックボックスを覗く幸運も彼らには縁がない。それればかりか、彼らはここに「人間」がいることすら何ひとつ理解していない。当たり前だ、彼らの思考になかったことが、今になって出現するはずはないのだ。

それから二日経った。母屋で何が行われているのか分からない。葬儀社が出入りしている様子も、「皇領寺」の導師が上げるはずの経の声も聞こえない。舅や和夫が亡くなった時には三人の僧侶が来て、経は庭の果てまで届いていた。

珠子はまだこっちに帰っていないのかとも思ったが、夜になると座敷や、トミ江の部屋に灯りが点き、母屋は無人ではないことが分かった。西駒は納屋の中に籠もって作業をしているのか、鶴子の前にはっきりとは姿を見せない。一行がいる間は西駒も姿を見せるな、と言われたのかも知れない。陽が落ちると、仕事を終えたのか、駐車場を出るジープの音で帰るのが分かった。鶴子の三千歩はそれから始まる。履き慣れたスニーカーで、闇に包まれた北の、暗く細い道を何も考えずに黙々と歩く。

三日目にトミ江が離れのドアを叩いた。相変わらずの大声だ。

「明後日、皇領寺に旦那さんをお納めしはります。墓石が出来るまでお寺さんの安置所に仮置きするんやそうです。十分間の時間をやるさかい、お別れしはるなら母屋に来るように、と珠子さんからの言伝です。明日はまた朝早くから川奈にお出かけで、私も荷物持ちのお供です。明後日の朝に向こうを発ちます。その間は鍵が掛かりますから今しかお別れは……」

「そうね、でも後で皇領寺に行けば済むことですから。そのようにお伝え下さい」

「あ、そうどすわねぇ、慌てて十分間のお別れをするよりましですワ」

トミ江の足音が消えると同時に納屋の戸が開いた。西駒は鶴子に、急用が出来たので早く帰らせてもらいます、と言った。


吉野清二から連絡が来た。直ぐに来い、と繰り返す。この男とはもう会いたくない。どうせまた後味の悪い話を聞かされるに違いない。もう二度と会うことはないと決めていたので、仕事が忙しいと断った。だが吉野は退かなかった。「片桐のことだ、来ないと手遅れになるぞ」

とすごんだ声で言った。理由のない脅しだと思ったが、気になった。片桐家は当主が亡くなったばかりだ。吉野は、「後妻の話も途中だったな」、と付け加えた。仕事を中断して「水石」に急いだ。

「片桐がえらいことになっているだろう?」

吉野は与一を見るといきなりそう言った。彼は片桐の当主が亡くなったことを知っている。与一は黙ったまま下を向いた。

「隠さなくてもいい。宇治カントリーで芝の手入れをしている男が仕入れた話だ。何でも他所でくたばったらしいな。こっちでは隠すつもりだ。このままだと、片桐は一行に根こそぎ浚《さら》われる。西駒も仕事がなくなる。さぁ、どうする?」

この男の話すことはいつもこれだ。聞かせる相手の反応をちらちらと窺い、相手の不安を見てそれを愉しんでいる。そのせいか、たとえ事実であったとしても、男の話は嘘をこねた厭な臭気が立つ。

「何のことですか」

「分かってないな。一行は片桐に金で買われただけの縁組だ、当主の急死で一行から来た嫁のひとり勝ちになった。すべてを売り払って川奈あたりに持って行く。土地の所有に関することはわしらの持ち場だ」

吉野はかつて土地を扱う仕事をしていた、と女将さんが言っていたのを思い出した。東高瀬川の一件も人に頼まれて間に入ったのではなく、彼が仕切っていたのかも知れない。そうでなければすんなりと収まることはないだろう。あれから加代も順一も静かになった。

「先代の奥さんがいます、そんなことは……」

そう言って土地の話から鶴子さんの話に水を向けさせた。

「それよ、その奥さんは屋敷を追い出されて、小屋住まいをしている髪の真っ白な年寄りだと聞いた。東雲の出版祝いに来て倒れかけた、ともな。それがまことならあれも年には勝てなかったと言うことだ、早晩どこかの施設に放り込まれる」

どこで仕入れたことかは知らないが、吉野は今の鶴子さんを知らない。鶴子さんは毎朝届く全国紙と地方紙を読み、読み終えると納屋の前に置かれた箱にきちんと納める。与一が新聞を読む習慣が出来たのもそのせいだ。そればかりか、与一が一斗缶で火を熾《おこ》して枯れ枝を燃やしている時は離れから本を持って来て、ついでに燃やしてくれと缶の中に投げた。どの本も難しそうな題がついていた。忘れ物をして戻った時、暗闇の小屋の周りを黙々と歩いている姿も見ている。音無川でもしっかりとした足取りだった。鶴子さんがいなければ片桐の家は廻らない。年中家を留守にして民雄と珠子が手をつけないまま放置された仕事を、税理士と手際よく片付けるのも鶴子さんなのだ。

「意外だ、気にならンのか。それとも何かうまい話が出来ているのか」

そう言って与一を見た。何かを探る目であり不審を捉えた目でもあった。これではもう話は続かない。与一の中に吉野に対する嫌悪が出て来た。

「まだ仕事が残っていますから」、と言って席を立とうとすると、

「腹が空いているだろう？」

与一は首を横に振ったが、吉野は手を打ち、コトコトと小槌で廊下を叩く音と共に女将さんが酒を運んできた。

「車で来ましたから。食事も済ませたところです」

そう言って断った。ここでは一口の水も口には出来ない。今もペットボトルの水を持って来ていた。

「そうか、何も言いたくない、と、な」

「私は庭仕事をしているだけです、何も知りません」

「ほお、知らないのか。一行は向こうで火葬までする手際の良さだ、書類が整ったら一気にカタを付けるつもりだと言うのに」

吉野は片桐民雄が川奈で火葬されたことまで知っていた。

「ところで……離れの年寄りは今どうしている？」

吉野は突然話を変えた。本題に入った、と思わせる間だった。

「……さあ、顔を合わせることもありませんから」

「白川衆の住ノ江に仕込まれた名うての女が、こんな大事に何もせずにじっとしている？　やはり耄碌《もうろく》がきたか」

吉野はひときわ大きな声を立てて嗤った。

以前にも鶴子さんのことを言いかけて女将さんにたしなめられたことがあったが、今は下品な言葉で鶴子さんを貶《おとし》めている。気分が悪かった。

「……名うての女、って、誰のことです」

与一の言葉には吉野を咎める響きがあった。

吉野は「何だと？」、と、座卓を両掌で叩いた。与一は吉野が拳を出したら座卓をひっくり返して席を立つことに決めた。相手は老人だ、いざとなれば与一の方が力はある。だが、吉野はそれをしなかった。

「見損《みそこ》なうな、わしは、あの後家が昔どんな仕事をしていたとか、そんなことを言っているのではない。あれは筋金入りの女だから、大事にも気づかずに、じっとしているのがおかしいと言っている。それほど年を取ったのか、となあんたは知らないだろう、あれのことを。同じ屋敷内にいてもあれはボロを出さないのだから仕方がない。あんたが片桐に義理立てして何も言わないと、あれのことを世間に撒き散らしたくなる……」

「もう結構です、帰ります」

与一は立ち上がりかけた。

「あれはな……執行猶予中に逃げた男の女だよ」

「えっ？」

「けっ、現金な奴め、後妻の話になると目の色を変える。これは与太話ではない。あんな大きな屋敷の奥さんに、兇状持ちの男がいたと分かったらどんな騒ぎになるか見ものだ」

吉野は湯飲みの酒をすすった。

「昔のことだ……あれにも追手が掛かっていたらしいが、男の仲間たちの手引きで祇園のクラブ『蓼科』に身を隠したあと、一番安全な片桐に入り込んだ。片桐に惚れたわけでも金が目当てでもない。ただ隠れるために逃げた。あんないわくつきの家で、旦那が死ぬとすぐに、なさぬ仲の息子に安普請の小屋に放り込まれて息を潜める芸当が並の女に出来るか？　潜伏が目的だからそれが出来た。並の女ならそこそこの取り分で家を出る。片桐の子を産んだわけではない。何年いたって取り分以外は出ない。長くいるほど取り分が減る。アホどもが財産を食い潰していくからな。それも終わりだ、と踏む時が来たのがこのお家騒動だ。片桐の消滅が見えたからな」

吉野の話は思いがけないものだった。与一は吉野の言葉に用心しながらも引き摺られた。鶴子さんの男?

「兇状持ちって、その……執行猶予中に逃げた相手は極道、ですか?」

そうだとしても与一は怯まないだろう。順一の後始末をする時に与一が使った手は、相手の女に、与一は極道だと思わせる必要があり、自分のしていることはそれなのだと思いもした。顔に傷を負った男がそれを脅しに使ったことと、本物の極道とどこが違う。与一は彼らと同じことをしていた。

「あほか! 思想犯だ」

吉野は与一の生活とは無縁の言葉を言った。

「あれが『蓼科』に来た時は同志社大学の学生だった。あれの男は京大の学生で新左翼。かなり派手に暴れ回った男で、渋谷の暴動で捕まった。詳しいことは知らん。でも、執行猶予中に逃げた。その手助けをしたのが白川衆だ。白川衆のお上に対する恨みは深い。が、今ここで彼らの怨念を聞かせる時間はない。彼らは特殊で、インテリと組んで理屈を作っていた。お上に逆らう思想犯が逃げる時は彼らが動く。表には一切出ずに裏で息を潜めるのが彼らの一番得意な技だ。片桐に潜り込めたのも、お上とつるんでいるあの家に、時々書生を入れて地ならしが出来ていたからだ」

「奥さんもその仲間ですか？」

茫然としたままそう訊いた。「新左翼」など与一は今まで一度もじかに聞いたことはない。だが、過激な行動で世間を騒がせた学生集団だと言う話は知っていた。

「いや、男が暴れたので目をつけられていただけだ。過激な仲間にくっついていたからな。男ともども追われ、住ノ江に預けられた」

「住ノ江？」さっきも出て来たが人の名前だとは思わなかった。

「白川衆の住ノ江登紀子だ。『蓼科』のオーナーで底なしのいわくつきの女だよ。この女の素性ははっきりしない。この女が同志社の貧乏学生を懐に入れた。あの当時、金のある家の子供が通う学校が同志社で、金のない家の子供は立命館の夜学に行った。そこらの事情が分からない田舎者が、何をとち狂ったのか同志社に入ってしまった。食うものも食わずに、なりふり構わず働いていた学生だったらしいから、食える方に行った。住ノ江の手に落ちたのは簡単な成り行きだ」

吉野は二合徳利に残っていた酒を湯飲みに振り切り、酒、と大声で言った。話すことも終わったらしく、手の甲で口を拭いてため息をついている。

だが、この時になって与一の中に訊きたいことが一つ、ぽっと浮かんだ。思いもかけないことだった。ためらった末に訊いた。

「で……片桐さんが親しかった相手の男は、今どこで何をしているんですか？」

「ン？　男の行方か？　そうか、それが残っていたな。忘れるところだった。それも耳に入っている。一番新しい情報だ、高瀬川の一件で片桐のことが話に出た」

女将さんが酒を置いて行くと、吉野は片膝を組み直した。

「その男は、な……外国へ逃げたあと沖縄で死んだ。つい最近のことだ。男の骨は実の姉が引き取ったらしいが、どうもその姉にも愛想をつかされたらしく、姉の手でコインロッカーを転々とした挙句、どこかに消えた、と。男の仲間が見届けたのはそこまでらしい。昔暴れ回った彼らも老いている。それ以上見届ける気力も失せたんだろう。お上に盾を突くとどうなるのか、彼らが見本だ。今頃男は駅の遺失物か、無縁仏としてどこかの寺に詰め込まれているだろう。片桐の後家にまつわる話はそこまでだ。片桐に入ったあとのことはあんたの方が詳しい。わしらには面白くて飯のタネになりそうな話はどこからでも入って来る。三方山囲いのこの街は、話がすり鉢の底に何百年も溜まったまま生き腐る。そう言う所だ。おまけだがな、一行と片桐の後家とでは役者が違うよ。住ノ江のやる手口をものにした女だ」

吉野は徳利に手を伸ばしたがその手を止めて、「もう、去《い》ね」、と言った。

今日も何で吉野に呼び出されたのかすっきりしないものが残った。吉野は片桐の当主が死んだことと鶴子さんの過去を言っただけだ。だが、片桐の家に入る前の鶴子さんがどんな境遇だったのか知って、不思議なほど気持ちが安らいでいた。「水石」に三度来たが、こんな気持ちで店を出たのは初めてだった。

後ろから雪駄の近づく音がした。音は勢いをつけて冴える。

「待てぃ、話はこれからだ」

驚いて振り返ると吉野がいた。

「あんたに言っておくことがある」

吉野は一歩踏み出し、与一の肩をぐいと押した。酒を飲んだ老人とは思えない強い力だった。

「この間の朝、女将から聞かされただろう？」

「何のことです？」

「あほか。わしが知らんとでも思ったか。あの部屋は塵が落ちてもその音を拾う部屋だ。女将があんたに話したことはすべて分かっている。あれは今頃反抗期が来た。言わなくてもいいことを喋る。それも泣きごとだ。いいか？　あんたは何も聞かなかった。そうだな？　あれのざれごとを聞かなかった、そうだな？」

吉野の声が暗がりの中で殺気立っている。今日は悪い話ではなかった、と安堵したばかりだったので、不意打ちにあった気がした。

「いい加減にしてください。私には何の関係もないことです」

そう言い残し、吉野に背を向けて足を速めた。

吉野清二が何故与一を呼び出したのか分かった。片桐家の当主が死んだことを口実に、鶴子さんが犯罪者の片棒を担いだ人間だと告げ、それをネタに与一を脅したのだ。世間に黙っててやる代わりに、女将が話したことも口外するな、と。

吉野は女将の話の何がそれほど気になるのか。当の女将は自分の生い立ちを隠すこともなく話した。吉野が手の込んだやり方で与一に口止めをしなければならないわけが分からない。吉野清二。この老人には一皮むいてもその下にはまだ本性の見えないものがある。


納屋を出て台所に向かうとドアの外に煙草の吸殻がいくつも捨てられていた。トミ江は、珠子が家にいる間は家の中で煙草を喫えないので、台所の外に出て一服していた。それを隠す余裕もないのか、一口喫ってもみ消し、どれもまともに喫い終わった跡がない。珠子のお供で慣れない地を往復して疲れ、その苛立ちが吸殻に残っていた。

誰もいない母屋の舅の部屋に入り、納戸の前に立った。電気のつかない部屋は暗く、納戸の杉戸は黒々と閉じられている。牡丹の釘隠しも、与一が留め直したので壁の中に嵌められ、壁と一体になっていた。暗い部屋の中にあの時の緊張感が蘇る。納戸の鍵穴に差し込む目打ちの手元が狂い、指先をかすめただけで血が噴き出すような神経の張り詰めだった。

あの孔を覗かなければ鶴子さんは納戸を開けることもなかったのではないだろうか。そうだとしたら、人の行動を決めるのは、その人だけにしか分からない痛みが溢れて背中を押すのかも知れない。

片桐家のすべてが詰まっていると言う納戸を与一の手で開けてしまった今は、この屋敷のどこであろうと入るのをためらわせる場所はなかった。廻り廊下を持つ屋敷の中をゆっくり歩く。どの部屋も京間で、それぞれの部屋には二間の押し入れがついていた。箪笥や季節の調度品の類はそこに納められ、日常の生活を窺わせる物は何もなかった。京都の名家を特集した本で披露される見本の設えだった。

北の離れで鶴子さんが天気の良い日に布団を干していたのを見ている。トミ江の休みの日だったのかも知れない……鶴子さんは母屋より布団の干せる離れの生活を好んでいたのだろう。

座敷に入り、煤けた金箔の上に描かれた松の襖絵を撫でて行った。庭師の、この大胆な振舞いをひと月前の与一には想像することも出来ない。

整頓された部屋の調和を破ったのは空の衣装箱や雑多な空き箱だった。廊下の隅々や台所のテーブルの下にいくつもの箱が積まれている。どの箱にも有名なブランドのマークがあった。仏間と座敷の掃除をした鶴子さんが置き場に困って積み上げたものらしかった。

あらかたの部屋を見た後、見ていない場所があるのに気がついた。いや、気づかない振りをして避けていた。それを見ないのが与一の中にあった矜持《きょうじ》だからだ。

庭に向かって大きく開かれた廊下には入っていない。今も廊下と座敷の境の障子は閉じられたままだ。

掟を破る。後ろめたさなどなかった。奇妙な高揚感があった。もう一度座敷に入った。ここから見える庭、与一が丹精込めて手入れを続ける完璧な庭の全景が見える廊下と座敷。父から、庭師は座敷に上がって庭を見てはいけない、庭は主人と客のために造られている、たとえ人目がなくても庭師は座敷には上がるな、と固く戒められていた。

お父さんもう大丈夫です。西駒は鶴子さんと一緒に納戸を開けました。鶴子さんが望むものは西駒が望むもの、この屋敷にはもう西駒が恐れるものは何もありません。鶴子さんと一緒だからです。

ときめきながら障子を開けると、視界が一気に広がって庭が現れた。

与一は呆然《ぼうぜん》として立ち竦んだ。目の前に何が現れたのか分からなかった。そこは与一が思い描いた庭ではなかった。

三百坪の庭には、植樹した山野があった。遠い川から運んだ石を組み替えて作った渓谷があった。水を循環させて落とした滝、池泉があった。すべてが何の破綻もなく納まり、納まり切れないものは何ひとつなかった。

だが、植樹で盛り上げた山野は子供が隠れて遊ぶための小高い茂みだった。岩と岩の間に落差をつけた小さな滝は、崩落で地が弛んだために漏れ出た行儀の悪い跳ね水だった。曲がり道に植えた楓や松、梅の、技巧を凝らして剪定した枝は、植物が人間に媚びるいじましい姿態を思わせた。

父に習った通り、雑草がはびこるのを恐れ、真夏の庭の照り返しの中で這いつくばって摘んだ草の匂いに嘔吐しかけ、徒長枝の兆しがあれば雨風の日でも脚立を出して刈り、夏は岩の間から滔々と水が落ちるように石組みを変えた。冬は声を殺して泣く女の胸の内を流れる涙を思って水を流せ。すべて父から教えられたものだった。苦労はなかった。庭にいるのが楽しくて筵を被って庭で眠りたいと思った時もあった。初代の西駒が残した作庭のすべてを、季節の定型を僅かも変えずに守って来た世界だった。

与一は座敷からそれを見て自分が深く傷ついているのを感じた。片桐家の庭で与一は何をして来たのか。与一の目の前に現れたのは、自然の山野には決してない秩序だった木々の配置、この地ではない所から運ばれて据えた傲慢な岩塊、悪技巧を凝らした曲がり路、何もかもが自然を装い、嘘で拵《こしら》えた箱庭だった。

陽が傾いてきた。庭は残照を浴びて疲れ切っていた。人工の限りを尽くした樹木や庭石の配置が、人工でしかあり得ない醜悪さを曝している。子供の頃から庭を造ることだけを教えられ、覚え、生業にして来た。庭師と言う仕事が好きだった。それが音も立てずに崩れていく。自分の仕事に疑いなど持ったことはなかったのに、自然を騙《かた》る生業だったと知らされ、強い羞恥に捕らわれた。

この恥ずかしさは自然を騙っていると思ってしまったことか、それともこの庭を作った男の思惑通りに、庭の木っ葉を掃い、石や土に被せた苔を枯らさないように水を与え、庭が百年以上も微動だにせず、同じままで在ることだけに全身を投じて、何の疑いも持たずに来た才能のなさに対してなのか。

西駒の跡を継ぐ庭師は座敷から庭を見てはいけない。父の戒めが何だったのか分かった。父も祖父も与一が見たものを見たに違いない。見てしまえばこうなる……ヤヒコと呼ばれた男は自分の後に続く庭師を骨の髄まで虚仮《こけ》にすることを考えた……奇才異能と煽てられた男の庭は、わが子の末を無能にすることで完結する。子を無能にしなければ自分の造った庭は壊される。三百坪の空間の中でひたすら型を守らせ、僅かな手心も許さなかった踏襲と言う名の罠。

吉野が言ったヤヒコは鬼、はこのことだった。

見知らぬ男ヤヒコが与一を嗤《わら》う。そうよ、お前は野放図に張り出した枝を掃い、ずぶ濡れになって水路を整え、岩にすら水を飲ませたな。それだけだ、それがお前の仕事だ。ところで……お前の造った庭はどこにある？　お前が頭の中で拵えた庭はどこだ？

震えながら障子を閉めて座敷を離れ仏間を横切った。薄暗い部屋の中に白い物が浮いていた。見ると、経机の上に白い房飾りのついた片桐民雄の骨箱だった。

駐車場からジープを出して片桐の家を出た。ハンドルを持つのが恐かった。このままだと事故を起こす。辛うじてそれが分かる余裕が持てた。ジープを停めてハンドルに顔を伏せた。あれは見間違え、錯覚だった。ヤヒコから与一まで四代に亘って造られた完璧な庭が、精巧に造られただけの箱庭であるはずはない。ひたすらそう思い続けた。

腕で抱えたハンドルのクラクションが鳴った。この震えが止まらなければ運転を続けられないと思った時、納屋に携帯電話を置いて来たことに気がついた。ジープをもう一度駐車場に入れ直す距離でもなかった。そこに車を停めたまま片桐の家に戻った。

通用口の扉を開けて台所に回り、納屋から携帯電話を持って戻りかけると、仏間に灯りが点いているのが見えた。与一はどこの部屋の電気も点けてはいない。さっき、仏間は仄暗かった。不思議に思いながら、部屋に上がって電気を消そうと思ったその時、仏間の灯りが消えた。誰かがそこにいる。台所の鍵はかかっている。暗闇の一番深い所に身を寄せると、玄関の大きな硝子戸を引く音がした。玄関を出入りするのはこの家の当主とその家族だけだ。音を立てないように表に回ると、鶴子さんが黒い鞄を持って玄関を出、鍵を掛け終わると、首をぐりぐり廻しながら離れに向かって行く後ろ姿が見えた。

読みが当たった。納骨の日、川奈から戻るのはトミ江一人だと思ったが、その通りになったことで鶴子は運に導かれているのを感じた。やはり珠子は片桐民雄の骨を抱いて「皇領寺」に行くことに強い抵抗があった。「奥の院」に墓所を持つ実家と違い、はるか格下の片桐の墓に珠子は入るつもりはない。「皇領寺」から送られて来たパンフレットも見ず、墓の話を避けて鶴子に処理をさせたのはそれがあったからだ。

墓終いをする人たちが出て来ているのは知っていたが、墓を保つことによって自分の出自を誇示出来ると思う人がいる以上、墓はこれからも維持されて行く。いつの時代でも淘汰が生じるのは圧倒的多数の底辺だ。実家の墓は珠子にとって誇りであり、他者との違いを際立たせる有力な存在証明だった。片桐家が地団駄踏んでも手に入らないものが、「奥の院」と言う墓の在り処だった。

珠子の生まれ育った一行家は片桐にいくつかの汚点を握られていた。だが、片桐の当主がいない今、一行家はようやくその頸木《くびき》から解き放たれた。片桐に与えた土地も、片桐が持っていたすべての動産、不動産、家屋敷もこれで珠子のものになる、と……。

鶴子に見えた珠子たちのこの無邪気とも言える思い込みは、彼らの特異な考えがもたらしたものに違いない。一行家はここでようやく「イエ」のプライドを取り戻した。それが取り戻せた以上、今更身分の卑しい片桐の墓に触れるなど珠子やその一族がするはずはない。彼らにそれが出来れば、鶴子の夫和夫から一億円の金を借りて珠子を片桐の家に嫁がせることもなく、他に生きる道を探すことも出来ただろう。舅の部屋の納戸の中には、担保の代わりに、借用書と連帯保証人に一行家よりさらに格上の、蔵で死んだ照子の実家の署名と印鑑が押されていた。これが明治の困窮華族のように偽造された印鑑や書類であるならばことは公にされ、さらに面白い展開になるだろうが、時代はもうそれを許さない。

片桐は一行家を信用していなかった。一億円を貸す時に、片桐鶴子の名前も使っていたからだ。和夫亡き後、民雄夫婦に子供が出来ない時、もしくは民雄が珠子より先に死んだ時のことを想定し、借用書の債権者に和夫と共に妻の鶴子の名前があった。だが、和夫が鶴子を信用していたわけではない。鶴子が片桐の家に反発する素振りも、金品に対する執着もなかったので、鶴子に対する猜疑を大きくしなかっただけだ。鶴子のこの家での働きは徹底していた。民雄が早く亡くなったとしても、鶴子なら野坂税理士と図り、片桐の親戚を迎えて当主にし、そつなく仕切ると和夫は思っていた。

珠子をないがしろにしてまでそう考えたのは、片桐に何事かが起これば、一行家が、片桐に与えたものをすべて奪うのを知っていたからだ。それは、裏返せば、片桐がかなり阿漕なやり方で一行家の土地を手に入れたとの証明でもあった。

「珠子奥さんは躰の調子が悪いので川奈に残らはります。離れの奥様がお寺さんに納骨に行くようにとの伝言です」

「あら、それは大変ね。でも、喪主は珠子さんですよね？　喪主がそう言うならそうしますよ、それでいいのね」

鶴子は意識して喪主と言う言葉を使った。鶴子とトミ江の世代はまだこの言葉の重みと責任を理解している。

「あ、そうどした……喪主は珠子さんですわ……でも、この間、お骨を運んだのは私です。珠子さんは喪主なのにずっとお骨を私に持たせたままどした、しんどいゆぅて。こんなんでえぇんやろか。珠子さんのしはることは分からんことばかりや。お骨が帰ってからも、お経の一つも上げずに、仏間に置いたままやし。奥様には分かってはったと思いますけど、川奈で全部済ませたゆうて葬式も出さはらへンし。それも私がこっちに服を取りに来ている間ァやった。こんなけったいな話は聞いたことおへン。お骨が帰ってからも、座敷でお身内の方と何ンやらひそひそ話をし、座敷や仏壇、納戸部屋の鍵を壊して探し物をしてはりましたけど、見つからンかったのか機嫌が悪うて。このことで天神さんにも行かれんようになったさかい、そのうち私まで祟られますわ、な」

トミ江はため息をついた。何度も川奈と往復をして疲れも限界だったのだろう。

「で、珠子はいつこっちに？」

「税理士の野坂さんに会うのやとゆぅてはりましたから、連絡がつかはったら戻ります」

「あ、こっちで税理士さんと会うつもりなのね」

「はい。それと……向こうにいて分かったことですけど……」

トミ江はそこで口籠った。

「いろいろ大変でしたね、慣れない所を往復して」

「いいえ、それは仕事ですさかい……実は、珠子さんには彼氏がいてはります」口籠った割にはトミ江の言葉ははっきりしていた。ただでさえトミ江は口が軽い。喪主が喪主の仕事をしないと、こうなる……。

「あら……」

「旦那さんが集中治療室に入っているのに、急に出て来はって珠子さんにべったり貼り付いたやさ男がいてはりました。同じお歯黒らしいようやけど、この男の家も食い詰めてはる。ホテルの食事代はいつも珠子さんがカードで払ってはったし。家に寄りつかんかったンはそのお歯黒のせいですわ」

トミ江は鶴子の言葉を待っている。

「あ、そう、そう、トミ江さん、明日と明後日はお休みにして天神さんにでも行かれたらどうですか。縁日ではないけどその分空いているでしょう。どうせ珠子はまだ戻らないでしょうから」鶴子は思いついたように言った。

「えっ、よろしいの？」

期待していた言葉より何倍もの言葉が返り、トミ江は目を剝いた。

「ええ。民雄が倒れてからお休みなしでしたから……私は今から皇領寺に行く支度にかかります。仏壇の左の抽斗にお念珠と仏事用の風呂敷が入っています、それを出しておいて下さい。一時間後には出ますから車の手配もして下さい。当主片桐民雄がこの家を出ます、門の閂《かんぬき》を開けるように西駒さんに伝えて下さい」

「はい、直ぐに手配します」トミ江は引き締まった顔で言った。

「皇領寺」から帰り、脱いだ着物をハンガーに掛けて湿気を抜いた後、縫い目に沿って畳んで畳紙に入れた。黒共帯を畳む時、帯だまりに当たるところが綻んで帯芯がはみ出ているのに気がついた。かがり直さなければと皺になったそこを掌で均《なら》していると、絹の感触が今までにない違和感を伴って掌に伝わった。綻びから空気が入ったせいか布に撓みが出来ている。撫でると、絹にはない乾いた音がした。綻びに添って手を入れると、指先に布とは違う感触が伝わった。紙の感触だった。何だろう、と思った時に、住ノ江登紀子がこの着物一式を鶴子に与えてくれた時の言葉が蘇った。

――黒共帯の帯芯を替えてね。

あ、もう帯芯の寿命が尽きたのか。舅、夫、それぞれの仏事には必ず締めていた帯だった。中の芯が傷んでいても無理はない。

ほつれていた表地の縫い糸を引くと、縫い目は絹の音と共に開け、白い帯芯が剥き出しになった。黒い帯の中から現れたそれは手品のように鮮やかで、鶴子は瞬きをして二つの色を見ていた。傷んでいると思った帯芯は変色も寸法の縮みも起こしていない。綻びを繕えばいいだけだ、と、帯を締めた時に前に当たるところまで開くと、芯に縫い付けた数枚の便箋が出て来た。見ると堀越鶴子宛の手紙だった。

――堀越鶴子様
鶴ちゃんがこれを読むと言うことは、片桐家の主だった仏事はすべて終わりましたね。帯だまりに当たるところの糸をひと目飛ばしにして縫っておいたので、ほぼその時期に帯はほつれを起こします。
この帯を開いた時点で鶴ちゃんは大きな試練に立たされています。代替わりから来る鶴ちゃんの立場の不安定化です。黒共帯がほつれたのは仏事が多かったと言うことですから、片桐の家の代替わりはかなり早く進んでいたのでしょう。私には、今、鶴ちゃんがこれからの身の振り方に迷い、来し方を悔やんでいる姿が浮かびます。今になって大切な時間を取り零してしまった、と思っても無理はありません。この悔恨は老いるにしたがって強くなりますから。

でも、すべての仏事を終え、「家」のしがらみから解かれ、自由になったのです。片桐の家で途方もない時間を費やしたおかげで、鶴ちゃんは今、時空を思いのままに使える自由を手に入れました。

残念ですが私にはそれがなかった。その意味で私には真の自由はありませんでした。本題に入ります。これは私の遺言ですから最後まで読んでください。

私には子供が一人いました。その子の父親は本庄さんと同じ大学の大学院生で、私より七歳年下でした。結婚せずに産んだ子です。生まれた子の名は「すえ」。でも、生後半年で私の手から離れました。理由は、肥立ちの悪かった私と、その子の片足に畸形《きけい》があったからです。生まれた子供の片足に指はなく、足先が馬の蹄のように二股に割れていました。

子供の父親は足の手術をすると言って連れて行ったのに、何か月待っても、何年待っても子供は戻りませんでした。私が寝たきりだったので出生届も出していません。私の手を離れた後のことが何も分からず、もうこの世に存在しないのかもしれません。子供の父親は大学にも行かず、アンタ、白川衆と言う恐ろしい一党のメンバーらしいな、と言い残し私の前から姿を消しました。男は、生まれた子供や、産んだ私に怯えたのです。

それからの私は「すえ」を探すことだけに生活のすべてをかけました。担ぎ商いをして夜の店を回ったのもそのためです。

あの頃はいつも馬の蹄が私の後ろを追いかけているのを感じていました。アスファルトを叩く蹄の音が聞こえるのです。お前は何故子供を男に預けた？　それがどうなるか察しはついただろう？　お前の本心はその子を育てるのが厭だったからではないのか、病気に逃げ込んだのもそのためだ。生まれた子の足を見て茫然としたのは男の方ではなくお前だ、と。それを振り払い来る日も来る日も場末の小さな店を回って、「すえ」の生きられそうな場所を探していました。そうしている時は、子供を手放した責め苦から逃れられそうな気がしたから。でも、私はいつまでたっても解放されなかった。

そんな時、「堀越鶴子を手の内に置け」、と白川から言われました。内心ほっとしました。やらなければならない仕事が出来たからです。後のことは鶴ちゃんも知っている通りです。

ここまで書けばもうお分かりでしょう。黒共帯にこれを縫い付けて残したのは、鶴ちゃんを隠すことで中断したそれを引き継いでもらうためです。私があれほど探しても「すえ」は見つかりませんでした。でも、もし生きていたとしたら、ずっと昔から「すえ」のことを探していた人がいた、とあの子に伝える役を鶴ちゃんにおたのみしたいと思います。これが私の遺言です。

「すえ」は、オリンピックの翌年の昭和四十年八月一日生まれ、左足の不自由な女。情報はそれだけです。病院で生んだのではありません。白川の図らいで、当時住んでいたアパートに、産婆をしていたと言う女を呼んで取り上げて貰いました。

昔、私は、おたの申します、重ねておたの申します、と、鶴ちゃんの不手際や無作法を店の女たちに詫び、あらゆる手を使って彼女たちを宥《なだ》めました。今またその言葉を使いたいと思います。このこと、おたの申します、重ねておたの申します。


住ノ江登紀子の手紙はそこで終わっていた。

背筋を冷たい手が撫でていく。この人は誰なのだろう。手紙を読み終わった鶴子の中にそれが生じた。何度読み返しても、あなたは誰？　との思いが消えない。手紙を書いたのは鶴子の知っていた住ノ江ではなかった。鶴子の知る住ノ江は心残りや負い目で泣きごとを言う人間ではない。背負いきれなかった贖罪を誰かに託して解消させようなどと考える人間ではなかった。

だが、手紙には鶴子を陽の射さない洞窟に引き摺り込んでいく湿った強引さがあった。

あぁ、これが白川衆か……と思った。目的を遂げるために黒共帯の中で時が来るのを息を潜めて待つ。住ノ江一代で叶わなければ次の代に託し、どこまでも追いかけよ、と迫る執念深さ。住ノ江は鶴子を手駒と見て隠した……。

　本庄が姿を消し、途方に暮れていた鶴子の前に住ノ江が現れた。住ノ江がどこの誰かも分からずに従《つ》いて行ったのは、郵便局で本庄を待っていた心細さや、警察から追われていると言われ、その恐ろしさで震えていたからだ。

　だが、住ノ江の所で長居をしたのはそれとは別の情けない理由があった。住ノ江の所にいれば追われる恐ろしさと昼夜のアルバイトから抜けることが出来たからだ。住ノ江に従《つ》いて行ったそこがどんな場所でも、学校にも行けず、働きずくめで時間を食い潰したあの生活よりはましだ、と思えた。片桐の家に後妻に入ったのも、身を隠すのに最適の場所だったからだ。どれもこれも逃げてばかり。それが動かしようのない本音だった。

　その本音には、強い者の影に紛れて、楽な方へと逃げて暮らすことの出来る腐った心根があった。住ノ江が言った鶴子の素質とはこれだったのだろう。

　鶴子に訪れる危機を住ノ江は待っていた。楽な方へと動く小心者の習性を住ノ江は知っていた。鶴子がその生き方に手痛い反撃を受けるのも住ノ江には見えていた。先の先で、自らのやり遂げなかったことを引き継がせるのにうってつけの個性。安易な方にばかり走る臆病者に下された代打の仕事。

住ノ江は周到な計画と時間を費やして、鶴子に彼女の心残りを託そうとしている……。

鶴子は動揺していた。本庄静江の企みに乗せられて大きな荷を預かり、ようやくその処理の前段が終わり、いよいよとどめの後段に入ろうとしているのに、住ノ江までも鶴子の負う荷を用意していた。もう沢山だ、と住ノ江から顔を背けると、

「おたの申します」、と二度も念を押す住ノ江の言葉が鶴子を捕える。

――この娘《こ》、ミチルさん。今日からここで働きます。見ての通り、右も左も分からない山出しです、皆さんが育ててやって下さい。おたの申します。もし、この娘が下手を打ったら私が落とし前をつけます、どうぞおたの申します。

「蓼科」で初めて働くことになった時のことだ。「蓼科」のミチルはいくつも失敗を重ね、その度に住ノ江は大きなお金を使って他の女たちの機嫌を直した。あの時は何も分からなかった「おたの申します」が、生きた人間関係を連れてまといつく。

世間には「義理」と言う人間関係があった。相手が生きていようが死んでしまった人であろうが、共に生きていた時に生じた義理は、義理として残る……。

そう呟いて住ノ江の手紙を黒共帯の中に戻し、押し入れに入れた。今日「皇領寺」に行き、鶴子の煩いが一つ消えた押し入れは、新たな煩いのざわめきを起こす。最後の詰めがある大事な時なのに何でこうなるのだろう。

次の日、トミ江は北野の天神さんにお参りをした後、姪の住む向日町《むこう》に行くと言って朝早く片桐の家を出た。トミ江の身寄りはその姪と家族だけだと聞いている。鶴子が小遣いを渡したのでトミ江は機嫌がよかった。トミ江が不在になる二日間は、鶴子にとって千載一遇の時間だった。ついているのだ、余計なことを考えてはいけない。この家や本庄との関係を最終的に総括する好機だ。鶴子は段取りに落ち度がないか頭の中でもう一度確認した。

八時に通用口を開けていつものように西駒与一が北に向かって歩いて来た。鶴子はドアを開け、

「西駒さん、これから音無川に行きます、ジープを出してください」と言った。

西駒は、えっ？　と言った後、鶴子が框から出した曇り空色のゴルフバッグに目を留めた。

「トミ江さんは二日間休んで留守になります。でも明日の夜には帰ります。いつもそうですから今しか時間がありません、お願いします」

「あ？　はい、分かりました」

二度目の音無川流域は落葉が進み、木々の間から朝陽が零れ、山道を明るく開いてくれていた。川の音はほとんど聞こえない。長い間存在すら知られていなかった音無川が、地下深くに潜ったのだ。そしてまた季節が巡り梅雨と夏の大雨で地下から水を吐く。水も人間も息も潜めていたら溜め込んだ分を吐かずにはいられない。

柊橋の手前でジープを停めて貰った。この前の時と同じ場所だ。

「西駒さん、ここで待っていて下さい。そうね、一時間ぐらいかしら。車をUターンさせておいて下さい。でも、一時間過ぎて待っているのが飽きたら帰っていただいても構いません、私、下山の道は憶えていますから」

ジープに乗ってから鶴子が初めて出した言葉らしい言葉がそれだった。西駒は何か言いたげだったが黙って頷いた。

柊橋の向こうは樹々が密生した常緑樹の森だった。黒々と繁った葉群は道を塞ぎ、誰をも入れない頑なな意志を露わにしていた。天に穿たれた孔から明かりが注ぎ、辛うじて今が日のある時間であることを知らせていた。この時、孔は人間が迷い込んだためのものではないと気がついた。森の中で夜明けを待つ小動物や鳥に朝が来たことを知らせる計らいがこの孔だ。あの「イエ」はこんな森の中でさえ「時」の支配のための手抜かりがない。

時々立ち止まり、右肩に食い込んでいるゴルフバッグを左肩に移す。重い。黒い鞄を一つ持った時はこれほどの重さはなかった。さすがに二人は重い。

手首に巻いた小型の懐中電灯で道を照らし、持って来た磁石でジープからどの方向に進んでいるのかを確認した。懐中電灯も磁石も西駒の納屋から持ち出したものだ。北の離れで毎日三千歩歩いていた習慣は、暗い道でも足裏から確かな距離を教えてくれる。念のため二十メートルごとに仏間にあったゴルフボールを一つ置いた。

　柊橋から僅か八十メートルほど歩いたところで、天の池が穿たれた真下に辿り着いた。柊橋から見えた時より近かったので、あの「イエ」の管理にしては無用心だという思いが過った。監視カメラなどもちろんない。尾根を渡る送電線も見えない。まるで一つだけ小房をもいだブロッコリーの中にいるようだ。ここだけではなく、その気になれば何事かを起こすのは案外簡単なのかもしれない。いや、この森自体が何事かを用心するほどの根拠を持っていないのだろう。文久神武の大博打、降って湧いた倒幕騒動から明治に亘って急遽拵えられたフィクションは、所々でボロを出す。それを暴かれないためにひたすら匿し、駒形の札まで立ててはいるが、そのうち第二、第三の鶴子が現れて同じようなことを始めるに違いない。人は似たようなことを考え、繰り返して来た。

　何かが在るが如くに盛られたこの小さな土塊《つちくれ》の禁域。恐らく地中は空。あるいは誰のものとも分からないまま土と化した残穢《ざんえ》。そこに小さな木組みの鳥居が一つ立っていた。

　何かが在るが如くに装う手口は、あの戦争で多くの人に帰された、石ころが入った箱一つで分かっている。知恵をつけるのはいつもお上。鶴子はそれを真似ただけ。「皇領寺」の明るい新墓地で、在るが如くの「石骨」はこれから気の遠くなる時間を過ごすだろう。

　ゴルフバッグの中からシャベルを出し、そこを掘った。納屋から持ち出した手入れのされているシャベルは、鶴子が片足をかけると水を含んだ土を簡単に掻き出す。それでも慣れない動作は続かず、シャベルに掛ける足の力が鈍くなる。一時間で終わるだろうか、と息継ぎのために動作を止めると、どこからか翼の大きな鳥が降りて来て鶴子の周りに群れ始めた。凶暴な羽ばたきが近づくその度に、シャベルを振り回して鳥を追い払った。

腰が埋まりそうになった時、穴から上がった。

ゴルフバッグの底から、スーパーマーケットのビニール袋を出し、中に詰めてあった大量の骨を穴の中に撒き、一つの骨壺をその上に落とした。

湿った土はよほど柔らかな褥であったに違いない、骨も壺も音を立てずに沈んだ。

あなたたち、ここに眠りたかったのでしょう？　あなたの家は何代にも亘って家畜となって手を汚し、ようやくあの「イエ」が占有する場所に辿り着けました。あなたの家は帯刀まで許されたお家、ここは風通しは悪いけど、貧しく不潔な仲間から逃れてひとりきりになれるから、ここで失われた自尊心を取り戻せます。

何故ここに連れて来られたのかって？　決まっているでしょう、お勉強をするためですよ。参考になるかどうかは分からないけど、何かで読みました。

――Aには彼の子供たちを支配する権威や世界を治める支配権があったわけではない。

――仮に、Aに権利があったとしても彼の後継者にその権利はなかった。

——仮に、後継者たちにその権利があったとしても、誰が正統な後継者であるかについて疑いが生じた場合、それを決定する自然の法も神の定めた明文の法もない。それゆえ、相続権、したがって支配権を確定することは出来なかったであろう。

——仮にそれが決定されたとしても、Aの子孫のうちでは誰が直系の子孫であるか、はるか以前からまったく分からなくなっているので、人類の諸種族と世界の諸家族のうちで、誰も他に抜きんでて自分こそが直系であるとか、相続権とか主張できる根拠は少しも残っていない。

——したがって、——それゆえ——、世界のあらゆる統治は、ただ武力と暴力の所産であり、人間の共同生活の法則となるものは、最強の者がつねに支配する獣の世界と異ならず……。

用意していたわけではないのにそれが地中に向かって放たれた。頭の中はいつだってこんな言葉が弾けている。呟きやひとり言はいつだって野放図だ。

鶴子のため息が天上の孔に吸い込まれて行く。何故だろう、うまく事が運んだのに頻りに涙が出て止まらない。鶴子はその場にしゃがんで嗚咽《おえつ》を上げた。自分のしていることが徹底的に無意味だと分かっているからなのか。これが意味のないことであるならば、意味のないことをする代償は、悲しくもない悲しみに囚われてしまうことなのか。

遠くで車のクラクションが鳴った。あぁ、そうだった……西駒が待っている。待たせるのは一時間。それを思い出し、掻き出した土をすべて穴に戻した。その土塊に天の池の穿たれた孔から射す光がぼんやりと、何事もなかったかの如くに、そそいでいた。

泥を掃う余裕はなかった。時間は守る。待たせてはいけない。ゴルフボールを回収してジープに戻ると、西駒はハンドルに顔を伏せていた。クラクションが鳴ったのはそのせいか。

朝、離れに来た時はきれいだった西駒の靴が汚れている。鶴子の履くスニーカーと同じ粘り気のある泥だ。

――西駒さん、あなた、恐いのね？　でも、恐れることは何もありません。元々この地上の土地は誰の所有でもなかった。そこを誰かが誰かを殺して手に入れて来ただけです。殺してすら手に入るのだったら、殺さずに使うのは道理ではありませんか。地上にはもう、血の滲みていない所などどこにもありません。海も山も同じです。裁きを受けるに値すらしないこの地上の法は、実のない殻も同然ですから。

暗夜を行く人

音無川から帰った次の日に与一が納屋に入ると、いつもの場所にシャベルは立て掛けてあった。鶴子さんは山に行く前の夜から用意をしたのだろう、誰にも見咎められずに、それを入れるのにちょうどいい長さがゴルフバッグだった。

シャベルに残っていた水の膜を磨くと、泥土のぬめりが残した膜もすべて消えた。

手を止めて、柊橋の向こうで見たあれは何だったのだろう、と考えた。肩に喰い込んだゴルフバッグに足をとられて鶴子さんは何度も躓《つまず》いた。西駒は片桐の家のどんな荷物も運ぶのに、何故それを与一に任せないのか。

そこから気を逸らすために目につく道具の手入れを始めた。仕事さえしていれば気が紛れる。石を起こす梃子《てこ》も、木を伐る鉈も、草を刈る鎌も、剪定鋏も気の済むまで磨く。仕事道具を磨く時、与一の心は穏やかになる。

鑿《のみ》の手入れをしているとき手が滑った。刃先が親指をかすめ血が滲んでいる。道具の手入れをしていて道具で躰を傷つけたことはない。それに驚いた。

納屋の中はしんとしていた。指先から滴らせた水滴が砥石に撥ねる音、砥石の上で滑る鋼の少しざらついた、そのくせ冷たく冴え冴えとした音も消えた。

その時、与一は自分の心臓の音を聞いた。太鼓の撥が、定めた一か所を狙い撃ちにする烈しい音だった。その音は容赦なく与一を罵倒する。鶴子さんは何をした？　与一は何のために車を運転した？　突然それが脳天に落ちた。

これが自分の技を持たない庭師にあてがわれた仕事か。鶴子さんは早くから庭師の無能に気がついていた。

座っていた筵から起ち、磨き上げたシャベルで水の入ったプラスチック製のバケツを思い切り叩きつけた。バケツは鈍い音を立てて撥ね、転がる。それを見ていると怒りが言葉を連れて来た。

柊橋の向こうで棄てたのは誰です？　いいえ、誰かに告げ口をするつもりなどありません、ただ、私は何も知らされず、何のためにジープを運転して運び屋をやったのです？

——あなたは何も知りません。知る必要のないことです。ですから柊橋で私はジープを降りました。これは私一人でしたことです。あなたには関係ありません。

与一の烈しい言葉に鶴子さんの影が冷たく突き放す。

一人でしたこと、ですか。納戸を開けた時は二人でした。それからはいつも一緒です。私がそれほど頼りになりませんか？　私には難しいことは分かりません。高校を卒業して、いや、中学の時から父に連れられて山に入り、川を歩いてきただけです。吉野からあなたがインテリの集団であったことを聞きました。インテリって何を生業にしている人たちですか。きっと僕はその人たちと違います。柊橋で僕を一人にしたのは多分そのせいですね？　僕は柊橋で置いて行かれた。外された。西駒は運び屋だけでよい、と。僕は今庭師としての自分に愛想を尽かしかけています。そんな僕に追い打ちをかけるような仕打ちでした。これ以上僕を侮辱しないで下さい。

見えるものも見えないものも壊している。躰がそれをせよ、と命令している。躰だけが与一の怒りを汲んでくれている。だが、躰は与一の中の怒りすらあっけなく投げ出した。壊すものなどもうない……烈しい疲れだけが残った。

納屋の戸を叩く音が聞こえた。音は少しずつ強くなった。

「西駒さん、ちょっとよろしいですか？」

鶴子さんだ。与一は息が止まりそうになった。腹の底から湧き出た自分の叫び声がまだ耳に残る。ジョウロや金盥《たらい》、竹の簀の子を蹴る音も聞いた。水の入ったバケツをシャベルで叩く濁った響きも耳に残っている。

「あ、はい、待って下さい、今行きます」

もつれた舌でやっとそう言ったが躰が動かない。

「西駒さん、どうしました？」

鶴子さんは納屋の戸を開けて入って来た。

外の光が斜めに入った納屋の中は、与一が作った光景よりも更に荒れていた。パイプの丸椅子やブロックが敷物の茣蓙《ござ》と一緒に転がり、バケツが割れて周りを水浸しにし、その横には音無川に持って行ったシャベルが垂直に突き立てられていた。そればかりか、憶えはないのに鎌や鉈が壁に向かって振り下ろされたのか、刃が深くそこに食い込んでいた。

鶴子さんは、入り口で立ち竦んでいたが、何事もなかったように視線を納屋の隅に当て、転がっていた一斗缶を指さした。外で火を熾す時に使う道具だ。

「西駒さん、仕事をお願いしますね。今日は風がないので飛び火も出ないでしょう、一斗缶に火種を入れて外に出しておいて下さい、燃やすものがあります」と言って納屋を出た。

返事をしたのかどうか。与一は熱かった躰から冷や汗が滲み、手足が小刻みに震えていた。何が自分に起こったのかまだ分からない。だが、納屋の中は言い逃れの出来ない与一の粗暴な姿が曝されている。鶴子さんはすべてを見た。いや、与一が腹の底から絞り出した獣の声を聞いた。

何度も深呼吸をした。鶴子さんから何か言われたが、何を言われたのだろう、あぁ、そう、空の一斗缶の中に火を熾し、外に出してくれ、燃やすものがある、と。

仕事を渡されてようやく落ち着いた。

外で一斗缶の中に枯れ木を詰めて火を熾しながら、自分は決定的なミスを犯したと思った。取り返しのつかないミスだ。そう思ったのに、どうせ取り返しが出来ないのならば、もういい、早く何もかもが終わって欲しい、と思った。

鶴子さんは風呂敷包みを持って離れから出て来た。

「舅の納戸部屋から持ち出したものの中に燃やすものがあって。もっと早く燃やしたかったけど、片桐の家は落ち着かない日々でしたからそちらに気を取られて、間の抜けた時期になりました。西駒さんにはお話ししておいた方がいいでしょう……」

鶴子さんはそこで一度言葉を畳んだ。

「実は、これから片桐の家の仕来りが変わります。その前に不要なものは片付けようと思います。この家には不要なものが多いから、燃やすのも一苦労です」

与一は胸の中に何かが落ちたのを感じた。やはり終わったのだ。こうなることは分かっていた、と思った。吉野清二が言っていた言葉。片桐は一行にすべて持って行かれる、西駒の仕事もなくなる、と。鶴子さんが話を切り出したのは与一が納屋で暴れたのを知ったせいだろう。あんな粗暴を知ったらクビにもし易い。それと、そう、こっちの方が与一にとっては鶴子さんの言葉に平静でいられる理由だ。座敷から見た庭。あの箱庭にはもう何の魅力も心残りもない。ヤヒコと呼ばれた男の仕事を続けるのは真っ平だ、片桐の家ともこれで縁が切れる、と。

「分かりました、納屋に置いてある不要なものの始末をします。いつまでに立ち退いたらいいでしょうか」

「えっ、西駒さん、何のことです？」

「こうなることは分かっていましたから。ここのお屋敷は一行さんが後を……」

「あ、そんなことを？　確かに一行は嫁の実家ですよ。でも、ここは片桐です。一行とは関係ありません」

鶴子さんは不思議そうな顔をしたあと、

「今、西駒さんは一行のことを言いましたけど、誤解しています。一行はこの家に手出しは出来ません。今日西駒さんにお話ししたのは、何があっても西駒さんは持ち場を離れずに、今まで通り仕事を続けていただきたいからです。もっとも、西駒さんが片桐から離れると言うならそれでも構いません。自由にして下さい。屋敷もこの大きさのまま維持することは出来ませんから、早晩三分の一以下の規模になるでしょう。うかうかしていたらこの家は役所から規制がかかり、何も動かせなくなります。そうならないうちに片をつけないと次に進めませんから。西駒さん、あなたの次の仕事は、新しい庭を造ることです。座敷から眺める庭ではありません。

座敷など作りませんから」

鶴子さんはそう言うと風呂敷の中の紙の束を熾り始めた火の中に投げ、

「よく燃える。全部、燃える。気持ちがいいくらいね。あ、そうだ、ついでに……」と言って離れに戻った。

与一は焔の立った一斗缶の中をじっと見ていた。鶴子さんは恐ろしいことを言った。与一の手で新しい庭を造る。それも座敷から眺める庭ではない。鶴子さんはあの庭を壊すことを考えているのか。屋敷そのものを壊す気でいるのか。

うろたえと歓喜が交互に起こった。納屋の中で与一を打ちのめした怒りが消えている。が……与一は歓喜を胸の内に留めて置く術を知らない。夢など見る歳ではない、と紙が燃え切り、火の勢いが弱まった一斗缶の中に、新たに雑紙と枯れ枝を細かく裂いて火の中に入れた。火は赤々と立ち、与一が見た一瞬の幻をあっという間に浚った。

離れから鶴子さんが黒い布を持って来た。

「これ、古くなった帯だけど一緒に燃やしてください」

鶴子さんはそう言って一斗缶の中にそれを入れた。枯れ枝で勢いづいた火は、黒い繊維の束で覆われたために燻《くすぶ》り、辺りに煙が立ち込めた。鶴子さんは激しく咳込み、

「あとは……お願いします」と言って離れに戻った。

長柄のトングで黒い布をかき回した。帯だと言っていたからかなりの丈があるのだろう、一斗缶の中で燃えるには窮屈過ぎる。巻かれた布をほぐして空気を入れなければ火は廻らない。与一は燻る缶の中からそれを出した。黒い帯の腹の中に白い紙が見えた。


片桐家の表門の閂が抜かれて門が開いた。

客は税理士の他に三人いた。鶴子さんは朝から母屋に入り、トミ江に何事かを指示している。トミ江は鶴子さんの言う通りに動いている。珠子は何度も苛立った声で鶴子さんに「おうちは住んでいる離れから出んといて下さい」と言っているのが台所の外まで聞こえていた。その度に野坂税理士が何か言っていたがそれは聞こえなかった。

客は座敷に通され、丁重に扱われてはいたが、沈金で蝶松を描いた輪島塗の大きな座卓の前で、床の間を背にして座っていたのは鶴子さんだった。

与一は朝から母屋の仕事に駆り出されていた。トミ江から言われ、座敷に客用の座布団を運び、床の間の飾り物、掛け軸などを押し入れから出す手伝いをした。どれも桐箱に入れられたまま虫干しされなかったのか黴《かび》の臭いがした。離れに移るまで、季節の設えを滞りなく整え、建具の不具合や使用人の言葉遣いまで目を配っていた鶴子さんを父と与一も見ている。父は庭の隅からそれを見て、ご当主の奥様は何でも分かっている、奥様がいなければこの家はもたない、と言っていた。

「粗相がないようにせなあかン、人手が要るんやわ、珠子さんは気が利かんだけやのぅて、自分も客だと思ってはるさかいぐつ悪い。鶴子奥さんにも言うてあるさかい、ここでうちの手助けをしてぇな。うちはお運びさんをせんならン」

「お客は一行さんですか？」

「そう、一行家の人と、向こうが連れて来た弁護士さん。それに片桐の野坂税理士さん。奥さんは上等な着物を着て上座で構えてはる。脇息があるのは奥さんだけや。奥さんの落ち着きかたは半端やないで。さっきまで珠子さんは鶴子さんに散々嫌がらせをゆぅてはったけど、税理士さんにきつくたしなめられて黙ってしもた。何が始まるんやろ、見ものやわ」と笑った。

お茶と菓子を座敷に運んだままトミ江はしばらく台所には戻らなかった。与一は仕事の区切りがついたので台所を出ようと思った時、トミ江が息を荒げて戻り、コップに水を入れ一気に飲み干した。座敷で何かが起こったのを思わせた。茶筒に入れてあったタバコを一本抜くとライターを持って台所の外に出た。トミ江の残したコップを洗っているとトミ江はすぐに戻り、

「西駒さん、あんなぁ、へぇ、財産のことで鶴子さんが啖呵《たんか》を切らはった」と言った。

与一は洗ったコップを拭きながら視線だけトミ江に向けた。

「ほんまやで。控えの間で見ていたさかい。鶴子さんは何枚もの紙を座卓に広げて、一行さん、

これのケリをつけて下さい。話はそれからです、って。先代の当主と私が、珠子さんを民雄の嫁に取る時に、一行さんから頼まれてお貸ししたものです、もう一人のお方の判も頂いてあります、って。あれ、借金で抵当に取った珠子さんの人質状やわ。そしたら珠子さんが血相を変え、いきなり鶴子さんをしばいてしもた。パチーン。平手打ちや。ゴルフで鍛えた腕がものをゆうたんやな、腕の振りが派手やった。鶴子さんは懐から懐紙を出して口に当て、口の中が切れました、血の味がします、ほら、って懐紙を広げて見せはった。どう思う？　そんなン普通見せへんやろ。一行さんは娘の乱行を謝りもせずぷいと横を向くし、一行さんが連れて来た弁護士さんは、や、や、や、と引き攣《つ》った声で震えるし、税理士さんは紙を揃えながら、珠子さん、傷害罪で訴えますよ、と一言。何ンや知らん、向こうは恐い空気になってるぇ」トミ江の声はいつの間にか弾んでいる。

用があれば声を掛けてくれと言って与一は納屋に戻った。鶴子さんが言った、一行は片桐に手出しが出来ないと言うのはこのことだと分かった。

それからどれだけの時間が経ったのだろう、台所の周りを掃いた箒を納屋の中に納め、洗っても取れなかった一斗缶の煤けた汚れを洗い直していると、トミ江が表門の閂を閉めるように言いに来た。

母屋の片づけを終えて納屋に戻った。片づけの間も、座敷でどんな話が交わされていたのかトミ江から聞かされたが、与一はもうトミ江に相槌一つ打つことはなかった。ただ、床の間の前に座ってぼんやりと庭に視線を投げている鶴子さんを見た時、鶴子さんとの距離が急に開いてしまったのを感じた。鶴子さんが北の離れにいる間、与一はその気配に安堵していた。これからはそれがなくなり、北には与一ひとりだけが残される。そう感じてしまったことは自分の立場をはっきりと確認したことに繋がった。鶴子さんは元々母屋の人だ、納屋の横に建てられた小さな離れで暮らす人ではなかった。

それから幾日か経った。鶴子さんの生活は変わらなかった。離れに毎日届く全国紙と地方紙を束ねて雑紙回収に出す前の日に、

「西駒さん、お願いします」と言った後、少し間を置き、

「もう一つ別の新聞を取りたいのだけど、三紙になると出すのが大変かしら」、と言った。

ひと月に一度の新聞回収で束ねる紙の量は多く、鶴子さんはそれを納屋に置くことに気を遣っている。

「新聞紙より広告の折り込チラシの方が嵩も重さもあります。もし追加する新聞が全国紙でしたら、私がコンビニで追加の新聞を買って来ます。朝八時頃になりますけど」

「あ、そんな買い方も出来るんでしたね、今の時代は。それじゃあ、ご面倒ですけどお願いします」

それからの朝は与一にとって一番楽しい時間になった。すでに配達された二紙を読み終えた鶴子さんは、与一が離れに向かう時間には扉を開けて框に立っていた。

「お待たせしました」

「ええ、待っていましたよ、ご苦労様」

それだけのやり取りだったが、与一はそれで十分だった。

それから数日たった。珠子は東京の一行家に帰ったままだ。与一が台所の外で枯れ葉の詰まった溝の掃除をしていると、トミ江が台所の窓を開け、珠子が実家に完全復帰する日が近づいた、ゴルフの会員権か、借用書の破棄が手切れ金になるらしい、と言った。鶴子さんが母屋に税理士を呼んで何事かを話し込んでいるのを聞き、そう思ったようだった。

何ごともなく穏やかな日々だった。いつものように納屋で昨日の新聞を読んで、与一は、あ、と声を出した。一紙だけではなくどの新聞にも尋ね人の広告が載っていた。

「昭和四十年八月一日、京都生まれの女子、左足に障害あり。該当する人をご存じの人はご連絡下さい。電話……」電話の番号はフリーダイヤルで始まっている。

鶴子さんはなんと大胆なことを考えるのだろう。確かに、これが一番効率の良い人探しに違いない。新聞を増やしたのはこのせいだ。だが、尋ね人の広告は一週間続きぱたりと終わった。鶴子さんに目立った動きはない。何の情報も得られなかったのかも知れない。

次の朝、新聞を届ける時、一通の封書を渡した。

「勝手口にこんなものが差し込んでありましたけど、どうしましょうか」

「あら、宛名も、差出人の名前もないわね」

「捨てましょうか？」

「あ……いいえ、中を見てからにします」

与一は納屋に入り、仕事着に着替えた。地下足袋を履き、西駒の半纏を着て、手拭いで頭を包むと心地よい緊張が走る。胸の高鳴りが仕事着を身に着けると静かになって行く。自分を保つために仕事をやるのだ、と思った。仕事さえしていれば自問自答の危ない責め苦から逃れられる。庭に入らなくても広い屋敷は細かな仕事が際限のないほどあった。


パソコンで打たれた手紙には、新聞広告に出した尋ね人に関しての具体的なことが書かれてあった。この数日、野坂税理士の所に届いたいくつかの電話に必ずあった、情報の見返りとして金を求めることは書いてない。手紙には、本来なら最後に明かす尋ね人の住む場所と、係わった人の当時の職業を記している。

安井金比羅、サンバ。住ノ江登紀子が産んだ子供を取り上げた産婆の住む場所か。それを知っているのは限られた人だけだ。彼らは広告を出した「野坂」へ接触する気がなく、片桐鶴子に直接揺さぶりを掛けて来た。「野坂」の後ろに片桐鶴子がいるのを知っている。

新聞広告を出すと決めた時、鶴子は野坂税理士に、――夫の和夫が、若い頃交際していた女が妊娠し、八月一日に出産したと聞かされたが、その後連絡もしないまま女と疎遠になった、気がかりだ。左足に障害のある女の子だと人伝に聞いたが、その子はどうしているだろう、と悔やんでいた、と言った。

鶴子の作り話を野坂は深刻そうに聞き、それなら、その子は片桐家の血縁者となります、それでいいのですね、と言った。彼は片桐家が絶えるのを心配していた。先々代から仕えて来たので、その子がいたら片桐の家は正統に戻る可能性がある、と思ったのだろう。

そこを素通りして届いた手紙。宛名も差出人の名前もない手紙の送り主はおそらく白川衆。住ノ江登紀子と鶴子の深い関係は彼らしか知らない。鶴子が新聞で尋ね人の広告を出したので彼らは驚いたに違いない。彼らのやり方と真逆なやり方で新聞広告を出したことで彼らの地場が揺れた。

世間に顔を曝す、こんな派手な手を使って住ノ江が産んだ子を探る相手は誰だ？　野坂。片桐に昔から奉公している金庫番の男らしい。片桐、だと？　あ、「蓼科」のミチル。住ノ江の子飼い。あれか。片桐は今取り込み中だ。その最中にこんなことをするとはな。やることがあざとい。恐らく、住ノ江は今になって昔しくじった世迷い沙汰を冥界から伝えた。住ノ江ならやりそうなことよ。どうする？　どうもこうもない、もう世間に出てしまった。見逃すのか？いや、こうなったら先を行くしかない。出してしまえ。何がどう動くか、しばらく待て。

鶴子には白川衆のざわめきが聞こえる。影のように鶴子の行動を見ていた集団だ。彼らは素人の鶴子に手出しはしない。それが白川衆だ。だが、白川衆は滅んだと思っていた。和夫が死んだあと柘榴の絵を送って来たのは、彼ら最後の息継ぎ。あの後、彼らは地中深く潜って素性そのものを消した。世の中をひっくり返すことを目論む気配が起こらない世界には、彼らが息を吹き返す場所はない。

鶴子は差出人のない手紙を読み、野坂税理士にはこの手紙が届いたことは知らせないことにした。相手は鶴子ひとりで動くことを望んでいる。それも本当らしさの情報で鶴子を謀る気配すらした。今までの鶴子なら差出人が誰とも知れない誘いに乗ることはない。石橋を叩いても渡らない。だが、鶴子の手で本庄や、片桐家が代々求めたことも究極の形でケリをつけた。どれもあっけないほど簡単に事が運んだ。やれば出来ることをやらなかったのは、小心さと臆病風に吹かれていただけではあるまいか。

東山安井の金比羅さんは昔から縁切り祈願の場所だ。悪い因縁断ち。陰の三行半。割れごと切れごとばくち狂い、何でも引き受ける有り難い断ちもの祈願のお宮さん。

断ちものに未練がなければここに来ることもないが、未練があるばかりに踏ん切りがつかない。相手との縁を切るためと言うより、煮え切らない自分に愛想を尽かした挙句の、未練断ちの場所だと聞いていた。故か、昔、鶴子が聞いた未練断ちは悲惨な話が多かった。

時代は変わった。カメラ付きの携帯電話で、自分の未練や他人の未練が隙間なく貼られた御符のかたまりの前でポーズをとり、あっけらかんと自撮りを続ける若い女たち。彼女たちの枠内に入らないように、大きなゴミ箱の横をすり抜けて西の路地に足を入れた。この辺りにかつての産婆「小寺《こでら》カノエ」の家があるのは昔の住宅地図を見て知った。東山区は祇園を抱えているので、当時の地図は土地に不慣れな鶴子にとって大事な生活道具だった。捨てずにおいたのは、それが公示された障りのない住宅地図だったからだ。

――尋ね人は安井金比羅のサンバが知っている。

メッセージはそれだけだ。サンバをカタカナで記してあったのも思わせぶりだった。

三軒長屋の路地には人の気配がなかった。手前二軒には表札がない。傷みが烈しいので多分空き家だ。この分だと路地のすべてが空き家かも知れない。白川に踊らされたか、と思って三軒目の前に立つと「小寺」の表札が出ていた。あった。背筋を伸ばして声音を整える。

「ごめん下さい」

煤けた半間間口の外から声を掛けると、中から、はぁーい、と間延びのした声がした。

「あ、小寺カノエさんのお宅ですやろか？」いつもより声が粘ついている。作った声は本当にいやらしい。

「……せやけど、あんた、誰？」相手は玄関を開けない。

「出町の山田、言ぃまンのやけど。小寺カノエさんに少しお話があって来ました、おぉてもらえませんやろか」

「えーっ？　ばぁちゃんはもういいひん、亡くなったし」

何と愚か。当然有り得たことなのにそれは考えなかった。

「あ？　そうどしたか、ちぃっとも知らんと、悪ぉしたな。ほな、これだけでも仏さんにあげさせてもらえませんか、高島屋で甘いもんをみつくろぅてきましたんやけど」

中から鍵を開ける音がした。鶴子は相手の顔を見て深々と頭を下げた。女は日に当たらない仕事をしているのか青白い顔をしている。

「ばぁちゃんの知り合いですか？」

女の言葉が変わった。女は鶴子の暮らしを見定めようと足袋の先まで視線を走らせる。この街の「風采《ふう》」を見る目だ。

「えぇ、昔お世話になりました」

小寺カノエはもういない。何とでも言える。切り込みが楽になった。風呂敷に包んだ菓子折りを、わざと玄関口で解いた。菓子折りの上に紅白ののし袋が添えてある。女はそこに目を留め、さっと視線を逸らした。

「亡くなったことも知らんと……あの、お線香を上げさせてもらえませんか、このまま帰るのも冥加の悪いことですさかい」

女は頷いた。素直だ……。

玄関の中は畳一枚分の上がり框、六畳と四畳半に台所がついた昔の長屋特有の造りだった。勧められて上がると、家具の少ない部屋は整理され小綺麗に使われていた。掃除も行き届き、二つの部屋を仕切る障子戸の桟にも埃はない。六畳間に設えられた炬燵《こたつ》に女が座っていたらしい座布団が一枚見えた。

線香を上げさせてくれと言って上がり込んだが、意外なことに、天袋のない整理ダンスの上に小さな仏壇が置かれ、そこに仏具が揃えられ樒《しきみ》が入っている。鶴子はそこまで思っていたわけではない。女が鶴子を家に上げたのは、線香をあげることが女の日常の中に組み入れられていたからだろう。女は小寺カノエの供養をしていた。

女に言われるまま線香に火を点けた。ハガキ大の写真立ての中で、白髪を引き詰めにした顎の尖った老婆が正面から鶴子を見ている。目も鼻も口も目立たない小づくりなのに、内に籠もった何事かが露わになっている。剣を踏んだ凶相だ。小寺カノエよ、なにをやった？

女は座布団を裏返しにし、鶴子に炬燵に入るように勧めた。若いが接客に慣れている。

「小寺さんはいつお亡くなりに？」

「亡くなってからもう十年です」

「そぅどすか……具合が悪おしたんやろか？」

「いいえ。前の日まで元気やったんです。急に保津川に行くゆぅて、川にはまってしもたんです。ばぁちゃんは泳げんさかい、そこで……」

「あ、事故で？」

「はい。節分の寒い日やのに、何でそんなとこに行ったのか分かりませんけど」

「おうちは小寺さんのお孫さんどすか？」

「いいえ、ばぁちゃんは大叔母です。うちしか身寄りがないさかい、うちがここで一緒に暮らしていました」

「あぁ、お若いのに、ご苦労おしやしたな」

「いいえ。うちにも身寄りはばぁちゃんだけやったさかい、ここに置いてもろたんです……」

「そぅどすか。ほな、うちのこと、聞いていませんやろか、出町の山田、言ぃまンのやけど。昭和四十年前後やったと思います、お世話になったンは」

「ずいぶん昔やわ。ばぁちゃんが一番気張って働いてはったころやと思うけど、うちはまだ生まれてぇしません」

「そぅどすわねぇ、その頃のことをいろいろ聞きたい、思ぅて来ましたんやけど、時代が遠すぎますわ……」

鶴子はこれまでだ、と思った。やはり情報が少なすぎる。だが、住ノ江への義理はこれでケリがつく。やることはやった。住ノ江もこれで許してくれるだろう。鶴子は安堵して女が淹れてくれたお茶を飲みおえた。

女は自分の家なのに居心地が悪そうだった。幾度かためらった後、

「あのぉー、ばぁちゃんが残した書き物なら少しありますけど……」と、すまなそうに鶴子の目を見た。お供えのお菓子ばかりか、お包みまで受け取ったのに、手ぶらで帰すのは気が引けると思ったのだろう。

「書き物、どすか?」

どきりとした。記憶ではなく記録の方だ。

「見はります?」

「えっ、かまへんの?」

女は押し入れを開けて古い柳行李《やなぎごうり》を出した。柳行李などもう何十年も見たことはない。急に

胸が苦しくなった。

昔、女は、産婆が来るのが間に合わずお産をする時や、人知れずに子供を産む時に、油紙の上に布を敷いた柳行李の中に子を産み落とした、と聞いたことがあった。産婆だった小寺カノエにとって、柳行李は彼女の仕事を知る唯一の目撃者であり、掛け替えのない仕事道具に違いなかった。

「この中に昔のことを書いた帳面二つがあります。メモみたいやけど、うちにはわけの分からんことが書いてあって。ばぁちゃんは割と几帳面やったから、仕事のことはここに残さはったんやと思います。せやさかい、ようぇ捨てません。これ、見はりますか？」

整頓された部屋のかつての主も几帳面だった。

「やぁ、おおきに、ほな、見せてもらいます、昔のことが何ンなと書いてあるかも知れませんわ」と言って小寺カノエが残した帳面を読み始めた。

女はメモだと言ったが、一冊目に鉛筆で書かれていたのは、昭和三十八年から四十年までに小寺カノエが取り上げた産婆記録のようだった。産んだ女の数え年、生まれた子供の生年月日。産む女の人相や置かれた状況などすべてを排し、漢数字が記載されただけのそれは、この産婆の几帳面な事務処理が酷薄な一面を連れていることを窺わせる。

それぞれの記録の一番上には、バツ印、三角、無印。何の印だろうと考えているうちに思い当たった。これは生まれた子供の選り分けだろう。バツ印は死産。三角は無事出産したのに生まれた子供に畸形があった場合。無印は母子とも障りなし。どこの誰が産んだとも死んだとも日付以外は書いてない。だが、小寺カノエにとって三角はバツや無印より意味があったのか、強い筆圧の赤鉛筆で三角をひと囲いしてあった。鶴子は産婆の意図を探ってこれを読んでいるが、確かに、女にはこれを見ただけでは何のことか分からないだろう。

二冊目は開かないように封印がしてあった。封紙は手作りだが、銀行でお金を束ねる時の帯封に近い封印だ。

「これ、よろしいか？」

おかしな訊き方だった。封を切りますよ、と言ったのも同じだ。

「あ、切ってください。ばぁちゃんはもういはらへんさかい。同じことが書いてあるんやろうと思います。うちも見ていません。ばぁちゃんはこまめに封を変えていましたけど」

女はそう言うと台所に立って野菜を洗い始めた。どうぞ、と。気が利く。

記録の一ページ目は、ひときわ大きな三角印のついた昭和四十年八月一日生まれで始まる。ようやく辿り着いたと思った。だがここには筆圧の強い字で漢数字以外のことも書き加えられていた。それも息継ぎのない烈しい言葉。それまでの几帳面さにはない荒々しさが見て取れ、小寺カノエはこれを前の一冊とは別の思惑を持って書き留めたのを思わせた。しかも封印をする念の入れようだ。

仏壇の写真に露われた凶相、小寺カノエのお出ましだ。

△——女、熊野神社の裏のアパートで子供を産んだあと肥立ちが悪く気病。アノ筋から、子供を女から離せ、と。子供の父方の親が連れに来た、と女に告げる。子供を抱くこともなかった気病の女は信じた。女は自分が産んだ子を持て余している。それはそうだ。十中八九はそうなる。自分の手で殺《や》る女もいるが、後々それを思い出して我が身を滅ぼすような殊勝な女はいない。思い出すとしたら、そのことがばれて自分の生活を脅かす時だけだ。それが女だ。かねてから知る興行師の縁者に子供を渡す。子供の左足はそれまで見たことのないキケイ。興行師は目の色を変えた。どう使うのか。大衆には出せない。それを好む化け物たち相手に陰の見世物とするか。負け戦が終わって、たかだか二十年、国はオリンピックの騒ぎで人権がどうだ、とか言い出した。ついこの前まで、派手に躰を壊された男たちが白装束を着て四条河原に架かる橋の上でおのれを見世物にし、小金を恵んでもらっていた。男のひとりに近づいて、誰に、やられた？　と声を掛けたが引き攣ったまま無言。腰抜けめ、国に、だろう。国にやられた、と大通りで叫べ。そうすれば、同じ仲間のくせに、無事に還った者たちの冷たい目に晒されるがな。共に戦場で殺し、犯し、火を放った仲間は、それを見ないで暮らすことに汲々としている。そこにかつての仲間が白装束で現れたら忌々しいだけだ。だが、他にどんな仕事が出来る？

誰がこの男を並に扱う？　きれいごとで命をとり上げてその挙句がこれだ。見世物にすれば嫌でも見える。見せなければだめだな。これこれ云々でこうなった、とな。この子供もそこで生きて行くしか道はない。これを見せて見せまくれ。見ただろう？　さあ、どうする？　あんたたちに何が出来る？　と言いまくれ。そうしたらこの子は、運が良ければ生き延びる。その手助けをしてやる。親よし、子よし、世間よし、これを三方よしと言う。

数か月後に一人の若い男がその子供を連れて来た。お上にたれこまれるのがいやなら子供の売り買いはこれで最後にしろ。この子を三年間育てろ、金は出す。そっちの都合で伝手がいる時は、郵便受けに日の丸を挿して置け、おかしな真似をしたらぶっ殺す。男は灰色の眼球で睨みつけ出て行った。極道だろうが脅しに凄みがあった。

小寺カノエの記録の中で人間の風貌が細かく描かれているのはそこだけだ。男は余程恐ろしい目をしていたに違いない。

金は毎月一日玄関の郵便受けに。男に見張られている。興行師に連絡をしても、知らない、の一点張りだ。死にたくなければ探るな、と。子供にもしものことがあったらあの男に殺される。部屋に祭壇を作り朝な夕な子供をその前に置いてお祓いをする。そうまでした、との言い訳が要る。三年目に男が子供を引き取りに来た。その時、男は熱い湯を沸かさせ、女が子を産むときに必要な準備をさせた。どこで手に入れたのか薬も持って来た。時間通り子供に飲ませろ、と。男は自らの手で、三歳になるその子供に恐ろしいことをした……それは——。

それは——、を最後まで読み終え、鶴子は息の根を止められた。住ノ江登紀子が想像したよりはるかに残酷な仕打ちが、一人の男から「すえ」に与えられていた。殴り書きに近い字で書かれていた男の所業を最後に、小寺カノエの文字は消えた。その後は一つの数字さえない。

女はカレーを作り始めた。香ばしい香りが鶴子の所にまで届く。仕事が丁寧なのできっとうまいカレーに違いない。鶴子はハンドバッグの中から万年筆を出し、小寺カノエが書き残した二冊目の帳面の字を、一行明けに消して行った。判読不能な黒塗り。

「もう一度きちんと封をしたいので糊を貸してくれはります？」

女は黄ばんだ封筒と糊、鋏を持って来た。二冊目の帳面に巻かれた封は、その封筒を切ったものだったと分かった。

「あ、奥さん、丁寧に封をしてくれはった……」

「いいえ、最初にあったように真似して封をしただけです。読ましてもろたんですけど、うちにも分からんことが飛び飛びに書いてあったさかい。でも、これでうちの気ぃが済みました。小寺さんと会ぉたようでほっとしてます。おおきに」ようやくそれが言えた。

この時になって女は初めて笑った。女も気が張っていたのだろう。

小寺カノエの家を訪れたあと鶴子は熱を出して寝込んだ。風邪で寝込むなど片桐の家に来て初めてのことだった。医者を呼ぶと言うトミ江を制して、離れで眠り続けた。

熱は鶴子が小寺カノエの二冊日の帳面から受けた衝撃を曖昧にしてくれた。小寺カノエなど知らない、あの男も知らない。熱が出ている間はそう思えた。

熱が引いた朝、西駒に新聞の中止を伝えた。彼は不安げな目で鶴子を見、分かりましたと言った。その視線で鶴子は自身の老いを感じた。秩序だった日々の生活からはみ出すと、自分ばかりか使用人にまで老いの確認が及ぶ。


与一は納屋の中で両掌を広げて見ていた。若い頃は掌にあった柔らかな苔のような膨らみは消え、指先まで木の幹に似た硬い鎧皮となっていた。強張った指の節々は、何かを摑もうとすればその骨で潰されて、与一が夢見るささやかな望みすら与えてくれないことを暗示していた。その手から見えたのは自分の置かれた境遇と限界だった。

そこから目を逸らし、虚しい疲れを抱えたまま納屋を出た。鶴子さんのいる離れから時々咳が聞こえる。与一の渡した情報で動き、成果が得られなかったばかりか風邪をひいたようだった。

もしかしたらあの新聞広告は「水石」の女将さんとは無関係だったのか。それとも、女将さんの身の上話は与一の聞き間違いだったのか。女将さんの話を聞いた時は酔い潰れて目覚めた後だった。酔いの残った躰で聞いた安井金比羅のサンバと、鶴子さんが探す人が同じだと思い込んでしまった？　いや、新聞広告にあった八月一日生まれ、それは女将さんも言っていた……確かか？　確かめなければならない。

西駒の半纏を脱いで、くたくたになった黒い革ジャンを着、「水石」に向かった。

「水石」の女将は店の外を掃除していた。

「お父さんはまだ寝てはります。昨日は午前様でしたから」

「いいえ、吉野さんに用があって来たのではありません。女将さんにお礼を言わないままだったので」

そう言ってマスカットが入った箱を差し出した。

「お礼って……何《な》ンです？」

「以前に酔い潰れて眠ってしまった時のお礼が出来ていません。朝ご飯までご馳走になりましたのに」

「あ、あの時、座卓にお金を置いて帰らはりました。どこに返していいのか分からず取ってあります。ややこしくなるさかい、お父さんにはゆぅてませんけど」

「言わないで下さい。失礼な置き方でしたから。あの朝女将さんからいろいろなお話を伺いました。その時、女将さんはオリンピックの次の年に生まれたと言っていました。確か夏の生まれだと。で、季節外れですけど夏の果物をお持ちしました」

「えっ、うち、そんなことまで兄さんに言いました？」

「はい。オリンピックの次の年の八月一日生まれだと」

「なんてことを……」

「あ、誕生日を間違えましたか？」

「いいえ、おぉてます、戸籍とは違いますけど、八月一日生まれだと聞いてます。木屋町でうちを拾った時にお守り袋を持っていて分かったンやと。でも、誕生祝やなんて、そないに大層に思わんといて下さい、大層な……」

「いいえ､遅くなりましたけど私の気持ちが済みませんから。これで少しは私の気が晴れます、受け取っていただかないと格好がつきません」

「かなンな、兄さんは。どないしたらえぇんやろ」

「いいえ、たいしたことが出来なくて。あ、いつだったか水石の話をしていましたけど、水石展の広告も出されているのでしょうか。私も石には興味があるので新聞を注意して見ているのですが見つかりません。地元の新聞ではないのかと……」

「うちは地元の新聞です。水石展は毎年春と秋に同人連名で小さな広告を出します。でも、お父さんの名前は出しません。いろいろな人が絡んでややこしくなるからだとゆぅてます。でも、この間お父さんが急に、新聞は止めぃ、って。今はどこもとってぇしません」

「あ、それではここしばらく新聞は？」

「ええ、読んでぇしません。不自由もないさかい」

吉野清二はあの新聞広告を女将さんの目に留まらないようにした。もう一押しだ。

「昨日用があって馬町に行き、帰りに安井を通って、この間、安井のサンバさんの話もしていたことを思い出しました。話は途中でしたけどその人に会われました？」

女将は首を傾げていたが、

「あ、もう大分前の話です。一度目は玄関払いをされ、二度目に行った時は亡くなったあとでした」

「あ、その人はもう亡くなっていたんですか？」

「はい。何でも、保津川にはまって溺れたんや、と身内の人が」

「保津川で溺れた？……そうでしたか、それでは何も分かりませんね」

サンバの事故死？　鶴子さんもそこで足を留められたに違いない。与一が届けた情報はそこで行き止まりになった。これで終わった。サンバの事故死と言う思いがけない終わり方だが、それだけに完全な終わり方だった。与一は心底ほっとした。それが分かればもうここには用はない。

女将さんは果物の箱を持ったまま不安げに与一を見た。この人は時々こんな顔をして吉野を見ていた。与一は何かひとこと言葉をかけたい衝動が起こった。

「おんぶしてくれた人を憶えているなんて、すごい記憶力ですね。わたしなんか誰にもおんぶされた憶えはありませんから」

「えっ？」

女将さんはそう言ってうろたえた。

「サンバさんだけと違います……小学校に入っての初めての運動会のとき徒競走があって、うちは走りの組には入れてもらえず、見学やった。足が悪いさかい。鉄砲が鳴って皆が走り出したとき、突然お父さんが出て来て、うちをおぶってみんなと走り出したン。お父さんは何人もの人に止められ、鉄砲は何度も鳴って、走っていた子たちは止まって、その組の走りはメチャメチャになってしもた。お父さんはうちをおぶったまま、何でこの子を走らさへんのや、この子の何が悪いんや、って怒鳴って。うちがおんぶされたンはサンバさんだけやない……」

女将さんはそう言うと持っていた果物の箱を落とし、わっ、と泣いた。

納屋の整理をした。納屋にも要らないものが多かった。外に一斗缶を出して火を熾し、燃やすものはすべて燃やした。いずれ直そうと思っていた仕事道具も、燃えそうなものはすべて火の中に入れた。一日で片付けるのは目立つので日を置いて少しずつ燃やした。納屋に残ったのはいくつかの仕事道具と、ブロックの上に簀の子を置いて敷いた二畳分の茣蓙、西駒の半纏だけになった。

昼過ぎに御室駅近くのコンビニに行った。いつもは鳴滝で握り飯を作って持って来ていたがその気もなくなった。ジープを駐車場に停めてあったワゴン車の奥に入れ、車の中で鮭弁当を食べていると、トミ江が肩掛けに首を埋めてコンビニに向かって来るのが見えた。買い物なら近くに小さなスーパーがあり、トミ江はいつもそこを使っていた。背凭れを倒してトミ江の目に触れないようにした。

トミ江はコンビニには入らない。店の前のベンチに座り、誰かを待ってでもいるのか駅の方に視線を当てていた。しばらくするとトミ江はベンチから立ち上がった。駅に向かって笑っている。それを追って与一は、あっ、と声を出した。痩せた老人が駅の方から歩いて来る。吉野清二だった。二人は微かに頷き合いコンビニの中に一緒に入った。

背凭れを僅かに起こした。与一の視線は車のフロントガラスからコンビニの入り口を辛うじて捉えた。二人は別々に出て来た。先に出たのは吉野清二。吉野は御室駅に入って行く。後からトミ江が機嫌のよい顔で両手にビニール袋を提げて出て来た。

与一の目が捉えたものを与一は理解できない。二人は知り合いなのか。二人の関係が分からないまま、厭な組み合わせだ、と胸騒ぎがした。

あ、吉野は新聞広告を出した相手を摑んだ?……鶴子さんが吉野に捕まった……。

混乱する中で、恐ろしいものが過った。与一を追いかけてきた雪駄の音。待てぃ、話はこれからだ。吉野と女将さんの複雑な関係。

トミ江の嬉しそうな顔の傍で、なりを潜めていた加代と順一が笑っている。何故ここで二人の姿を見る? 食べかけの弁当を屑籠に棄て鳴滝に向かった。

西駒造園の裏の竹やぶにジープを停めた。表には中古の軽自動車が止まっている。やはり来ていた、勘は当たった。車が軽自動車になったのは新車のローンが払えなくなったのだ。

家のドアを開けると加代が台所の椅子に座ってテレビを観ていた。加代は突然現れた与一に驚き、二階に向かって、

「順一、与一が来たで」と叫んだ。

与一は二階に駆け上がった。順一が与一のパソコンを持ち出そうとしていた。

「順一、貴様、何をしているんだ」

与一の剣幕に押され、順一はしどろもどろになってパソコンを机の上に戻した。パソコンはキーワードが設定してあったので、順一は開くのに手こずって持ち出すことにしたのだろう。

加代が上がって来た。

「与一、いま何とゆぅた？　貴様、やてか？　誰のことや」

「あんたは下がってろ、こいつは俺のパソコンを持ち出そうとした」

「ここにあるものは全部順一のもんや、順一が持ち出してどこが悪ぃ」

「黙れ、お前は桜の下でパイパン節でも弾け、それが似合いだ」

加代は口を開けたまま固まった。与一に何を言われたのか分かった顔だった。与一はこのとき、背筋に一瞬心地よい痺れが走ったのを感じた。胸の内に押し込めていた屈辱が堰を切って溢れた。

「おかあちゃん、去《い》の」

順一が下を向いたままおろおろしている。与一が二人にこれほど強い言葉で言い返したことはなかった。与一の顔も恐ろしかったに違いない。右の頰が何時もより激しく痙攣していた。

「仕事着の代わりを取りに来ればこのざまだ、欲しいものがあれば全部持って行け、ここは俺の部屋だ、他を漁れ」

「こんな二束三文のあばら家に用なんかないで。うちらはもうじき兄《に》ぃちゃんから大きなお屋敷を……」

「おかあちゃん、ゆうたらアカン」

順一は加代の言葉を途中で遮った。そして加代の背中を撫でた。加代は何か言いかけたが頷き、二人は互いにかばい合いながら階下に行った。

「おかあちゃん、階段が急やさかいひとりで二階に上がったらあかんで、下りられなくなるさかい」

「そうやな、順一おおきに、順一はほんまにいい子や、おおきに」

二人の交わす言葉で、与一の瞼の奥から熱いゆらゆらしたものが現れた。どれだけ望んでも与一には手に入らないものを二人は持っている。きつく瞼を閉じていると、順一の車が出る音が聞こえた。

裏山の竹が撓って乾いた音を巻き上げる。風はトタン屋根を捲《めく》り板壁の家を容赦なく叩く。ここはすでに二束三文ですらない。

――うちらはもうじき兄ぃちゃんから大きなお屋敷を……、と言った加代の言葉。加代にとっての兄ぃちゃんはあの男。駅の了だった二人の、生きるための必死な関係は切れなかった。吉野はそれを因縁だと言う。だが、トミ江はどうだ？　トミ江と吉野の意外な組み合わせ。二つのビニール袋を提げてコンビニを出て来た時のトミ江の上機嫌な顔。そこにはトミ江を怯えさせる吉野はいなかった。吉野はすでにトミ江を取り込み、片桐の家に手を突っ込み始めている。

あの新聞広告を見たせいだ。

――うちをおんぶしてくれたのはサンバさんだけやない、と言って泣いた女将さん。与一の持って行った果物の箱を手から放ち、烈しく泣いた女将さんと吉野の関係。

雪駄の音が与一を追う。吉野にとって触れて欲しくない女将さんの生い立ちを、新聞広告を出して暴こうとした人間を吉野は許さない。

傾斜のきつい、北側の雑木の中に一本だけある栗の木の実が落ちたのかトタン屋根が鳴った。陽当たりが悪いせいか、冬にならなければ落ちない実なし栗だ。屋根のトタンが風のあおりで捲れたままになっている。板戸で補強を重ねた外壁も少しずつ剝がれだした。眠るためだけに帰る鳴滝の家はいつの間にか廃屋となっていた。吉野から聞かされた、ヤヒコが手に入れたこの土地の終わりに相応しい朽ち果て方だと思った。汚らわしい因縁に塗れたこの土地にいる限り、ヤヒコの亡霊から逃れることは出来ない。

与一は布団袋を出してベッドの布団を一枚一枚畳んで袋の中に入れた。寒さをしのぐ冬の衣類は入れたが季節はそこで終わる気がした。小さな鍋や調理道具、ガスボンベ、七輪、炭、ランタンはジープに積んであった。山や川に入る時のリュックサックに西駒の半纏に包んだパソコンや、階下の仏壇から父の写真と位牌をタオルに包んで加えた。

屋根に被せたビニールシートを剝がして捨て、順一の部屋の畳に水をぶちまけ、隣の与一の部屋にも水を流した。二階は急に重さを増す。時を待たず階下の天井は抜け、二階は落ちる。この家を自分の手で壊すことが出来て与一はほっとした。

電気のブレーカーを落とし、ガスの元栓を閉じて家を出た。片桐家の納屋の六畳が当分の与一の住まいだ。そこは電気も使える。水は納屋の外に水道栓がある。トイレは、櫓を組み、トタン屋根とベニヤ板で囲っただけの簡易便所が北奥の木立の間に作られ、直接下水に流れるようにしてあった。与一は振り返ることもなく廃屋を出た。

脚立を足場に母屋の屋根の落ち葉を掃き、朽葉を集めて台所の北壁に沿って積んだ。朽葉は乾き切って、揉むとほうじ茶の擦れる音がした。換気扇の音がやかましいとトミ江に言われたので、脚立を移して外の羽根を見ると、砂や枯葉が挟まっていた。北風の季節だ。台所のドアの取っ手が弛んでいる。水道の栓も締まりが悪い。与一は庭以外の仕事にかかり切っていた。

「家にガタがきているンや。役所からのお達しが近いせいで、壊れないようにお守りをしているだけや、かなンな」

トミ江はそう言って煙草を喫い続ける。歩き煙草も始めたらしく、トミ江が歩く屋敷内の通路は至る所に吸殻が落ちていた。

開けられた窓から覗くと、台所のテーブルの上に、御室駅前のコンビニのビニール袋があった。トミ江の喫う銘柄の煙草がカートンごと袋からはみ出し、三個入りの簡易ライターもいくつか見えた。トミ江の中毒に支援者がついた。

トミ江が買い物に出たのを見計らって台所の急な階段を上がった。そこは北に面した中二階に造られた昔からの女中部屋だった。

細い桟に縁取られた小さな窓には、元の色がどんな色だったのか分からないムラのある黄土色のカーテンが吊るされていた。布をずらすと、離れと納屋が見えた。敷きっぱなしの布団の枕元には、何本もの煙草の吸殻が蚊取り線香の空き缶に溢れ、煙草のヤニが低い天井や壁にこびりついていた。北風をまともに受ける部屋なので換気もしたくなかったのだろう。風を通すと煙草の煙と匂いは階下に走り、台所から母屋全体に広がる。それだけは避けているようだった。

トミ江の部屋には吉野と繋がるものは何もない。吉野はどうしてトミ江に近づけたのかそのいきさつが分からない。トミ江は何か弱みでも握られ脅されたのかも知れない、とも考えたが、コンビニで吉野と会っていた時の機嫌のいい顔が二人の関係の良さを表している。二人はどんな関係なのだろう。


一行珠子は片桐家からの除籍も済み、珠子の荷物が一行家の弁護士と野坂税理士の立ち会いで家から運び出された。鶴子はそれを野坂から聞かされただけだ。風邪で寝込んでいた鶴子に代わり野坂が仕切り、すべてが滞りなく片付いた。

除籍した珠子にあてがわれたのは、一億円の借用書の放棄、ゴルフの会員権の二分の一、音無川流域の荒蕪地だった。これが妥当なものなのかどうかは分からないが、専門の人が事を運べば何の問題も起こさずに片付く、と言う見本のような幕引きだった。

「皇領寺」の墓石も「片桐家」と彫られ、あの場所に据えられた。寺に預けた「石骨」はそこに礼を尽くし恭しく納められた。何の感慨もなかった。強いて言えば気になるものが解消されたと言う安堵があっただろうか。

和夫が遺した子供がいる、と言った鶴子の作り話も、「一応考えられることはしましたから、その方も、その方を知る人も、もういらっしゃらないのかも知れません」と野坂が言い、「ええ、そう言うことでしょう」、と鶴子が応えて自然消滅の形で立ち消えになった。

この三か月の間、鶴子の生活にはいろいろなことが起こった。ついこの間のことなのに、どれも、もう何年も前に起こったことのように古ぼけて鶴子の中から遠ざかる。老いを自覚してからの時間は急に加速を始めた。老人はゆったりとした時間の中でまどろむ、と聞いていたのに、そうではなかった。現れては消える様々な現象に目を奪われているうちに、いつの間にか見知らぬ場所に佇んでいる不確実な感覚。あれほど必死で生きていたのに、老いてからの時間は冷酷にそれを置き去りにし、さらに見知らぬ場所へと連れて行く。恐ろしい。もしかしたら、老人の痴呆と見える言動は、この時間のせめぎあいから出て来る戸惑いなのではあるまいか。

だが、鶴子は今、その戸惑いに立ち止まるわけにはいかない。「蓼科」や「片桐家」で見た人間たちとは全く異質な世界を生きている人が鶴子にそれを許さない。

差出人のない手紙を読んで産婆小寺カノエの家を訪ね、住ノ江登紀子が産んだと思われる子供の三歳までの有様を知り、その子供には一人の男が深く関わっていたらしいことが分かった。男の素性は分からないが白川衆ではない。白川衆は子供の売り買いには関係しない。彼らが動くのは大人の逃亡を助ける時だけだ。よくよく考えたら分かったことなのに、迂闊にも彼らとは別の所からもたらされた情報で動いてしまった。あの手紙は誰が通用口のドアに挟んだのだろう。

小寺カノエの家で見た二冊目の帳面に鶴子は縛られている。そこには鶴子の考えが及ばない領域にいる人たちが、それぞれの言い分を烈しい言葉で曝し合っていた。容赦のない曝し合いだった。世間で承認されている言葉からあらゆる規範や装飾を取り払えば、あの二人の言い分がもっともらしく顔を出す。鶴子は今も彼らの言い分に釘付けされたまま身動きが出来ない。このまま微熱の朦朧が続き、彼らの非道を曖昧にしたまま、忘れることは出来ないものか。やはり地獄は見るのが辛い。太陽と死はじっと見ていられない、と言った人がいたが、そこに地獄も加えた方がいい。人間が考える地獄は目を背けずにはいられないほど残酷だ。

二冊目の手帳に出て来た男は恐ろしかった。男は興行師から買った子供を小寺カノエの所に戻し、小寺カノエを脅して子供を育てさせ、子供が三歳になると引き取りに来てその子の足と下半身に熱湯をかけた。小寺の帳面にそれをした男の言い分が残されていた。鶴子が万年筆で消した男の言い分はこうだ。

よう聞け。このままだとこの子は終生馬の蹄足のまま見世物地獄を生きる。火傷で足先の形を変えれば見世物としては使えない。どっちにしても不具は残るが、どっちがこの子にとっていいのだ？　またぐらに湯を掛けたのも同じ理屈だ。この子が歩く姿を見て男が何を考えるか分かるだろう。オモチャにされるか、金で売り買いされるに決まっている。こうして使い物にならなくしておけば、この子は木通のままで男の慰めものにはならない。どうだ、これ以外にこの子供を娑婆で汚さずに生かす道があるか？　あるなら聞かせろ。この躰で生まれたために親に疎まれ、棄てられた子供を、産婆のあんたでさえ売り買いの種にした。あんたの理屈も分かっている。確かに一理ある。だがな、この畸形を見世物として傷痍軍人と同じ場に立たせるわけにはいかない。彼らが己を曝さなければならない相手はお上だけだ、下々ではない。あんたの理屈にはここが抜けている。あんたのやり口に比べたら俺のやり方にはどの世間にも通じる理がある。あんただけではない、誰も俺のやり方をどうだとか言えるか？　あれこれ言うやつがいたらそいつがこの子を拾って育てろ。ありもしないたわごとで奇蹟をでっち上げ、飯の種にするやからも出て来る。奇蹟と言うのは幻の見世物のことだよ。そこでだ、この子供が育った時、どっちが正しかったと思うか、だ。

言っておく。のちのち、この子は、見世物と男の慰めものになる道から逃れたと喜ぶだろう。因果の生贄にはならない。おまけに、これで子供も産めないようになった。子供を棄てる因果からも逃れられる。俺はこの子を使って因果を壊す。これは実験だ。神ホトケが手出しの出来ないことがこれだ。あいつらはすべて見過ごす。いや、ただ見過ごしているわけではない。何も出来ないから幻に向かって手を合わせろと脅しをかける。因果の破壊、これが出来たらどれだけ多くの因果犠牲者が救われる？　この子の足は火傷で傷が出来ただけだ。何かの業を負わされて生まれたわけではない。産婆なら、取り上げた子供を見世物に売って小金を稼ぐ阿漕なことは止めて、出来損ないを並に見せる技を考えろ。この世で一番初めにそれを目にする産婆は、どんなことでも出来るはずだ。天職、と言うのは、そう言うことだ。

小寺カノエの家でそれを読み終えた鶴子は暗闇に突き落とされた。一体この人たちは何者だろう。世間の同意などものともせず、彼らの言い分をまくしたて、それを突きつけられたものは返す言葉を見失う。

住ノ江登紀子は棄てた子供への負い目を鶴子に書き残した。鶴子はそれを負担に感じながらも、住ノ江に対する恩義と言う形で納めようとした。二人には、過酷なものを背負って産まれた子供に、出来る限りのことをしなければ、と言う思いがあったのだと思う。それがなければ、住ノ江は鶴子にあの手紙を書くこともなく、鶴子も、これは義理だと言い訳をしながら、子供を探す新聞広告を出したりしない。

だが、小寺カノエもあの男にも、負い目や後ろめたさはなかった。あったとしたら、それで我が身が危うくなる時の懸念だけだ。それすらもあの男の言葉からはうかがえない。彼らはそれぞれが正しいことをしていると言い切った。他の道があるなら示せ、と。

熱が出たせいか躰がゆらゆらしている……。

心配は要りません。躰の衰えはあらゆるところで覚醒と混濁を交互に連れて来ますよ。老いるとはそれが日常に現れた状態を言います。有名な医者の話。

若い頃誰かに聞いた意味の分からない言葉が、瞬時に分かった驚きで目を覚まし、片桐の家で完璧にこなしていたと思った様々な事が、身を守るためだけの狡いパフォーマンスだったのがはっきりと見えた。覚醒とは、あらゆる不純や曖昧さを見逃さないことなのか。

——俺は正しいことをしているだけだ、他に道があるなら示せ。

男は執拗に迫る。鶴子を眠らせない気だ。

——いいえ、それは間違っています。やり方に問題があるのです。子供にはアナタが決めた生き方ではなく他の可能性だってあります。鶴子は、精いっぱいの言葉を返す。

——他の可能性? 鈍い奴だな。俺が言っているのはそれだ。可能性とは、他の道のことだ。それを示せ、と言っている。この子供には他にこれこれの道があります、と確かな道を見せてくれ。どうした、ざまをみろ、返す言葉などあるものか。俺のやることはいつだって崖っぷちの可能性だ。崖の下を見てからものを言え。

——崖の下？

——崖を覗いたか？　そこから突き落とされたか？　娘の頃の傷など大方の女は持っているぞ。程度の違いはあってもな。それが耐えられなければ死んでいる。あんたは生きられる場所を見つけて眠りこけたではないか。だがな、あんたの素質が暗いのは見えているよ。その暗さが今もこれからもあんたを動かす。

教えてやる、崖の上の法と崖下の法は違う。崖の上の法は白日の世界。崖の下は死屍《しし》累々の世界だ。そこにはそこの法がある。覚醒してしまったのならそこで自信をもって生きろ。

——アナタと私は違う。アナタは自分の非道に通らない理屈をつけているだけ。

——愚か者、非道は正道と裏表になっていることを知らんな。目的が正しければどんな手段を使ってもいいと教えられたではないか。

——そんなことは聞いたことはない。私が聞いたのは、目的の中には手段が含まれていると。悪い手段を用いて手にした目的が正しいわけがない。正道になるわけがない。どんなに正しい目的であろうとも、間違った手段を合理化することは出来ない。目的だけがそこから逃れられるわけではない。どんな理想・理論を掲げようとも、そこに相応しい行為がなければ理想も目的も腐る、と。

――中途半端に何を齧った？　お前はどこまで鈍いのか？　これは学生たちだけの問題ではない。正しい道、王道だと教え込まれた中にはすでに非道が含まれているのだ。二十一世紀になっても続いている国家プロジェクトの戦争を見ろ。正しい戦《いくさ》などあるのか？　あるならそれを見せろ。誰をも殺さず、どの地をも侵略せず、相手と和解の出来る文字通り正義の戦や王道があればそれを示せ。ないだろう？　非道を抜きに戦の正義や王道は成り立たないのだ。非常時ばかりではない。この世に王道の理論があるなら、そこには必ず非道の現実が貼りついている。王道は非道に支えられた「うろ」に過ぎない。よう考えろ。愚か者め、さっさと去《い》ね。去ね、と言われたのに鶴子は彼らの非道を一蹴出来ないまま立ち竦む。そこにはついて行けないと思うのなら、まどろみと覚醒の中で彼らを呼び戻し、彼らの言い分を再生させることもない。

彼らの言い分は暗いルサンチマンに過ぎない。ルサンチマンは鶴子にもあった。ルサンチマンの本分が私怨であるとすれば、それは誰にでも入り込む情動だ。私怨を持たない人間などいない。

不思議なことに、その情動が権力に向かうのではなく下方に向かって放たれる時、周りにどす黒い共感を撒き散らす。私怨の正体、憎悪、の共有だ。ここにも、権力に盾をついて得られる日向のカタルシスとは別の、弱い者を狙う日陰のカタルシスが用意されていたことになる。今も、これからも、鶴子は彼らに同意は出来ない。だが、彼らの言い分に残酷な説得力が潜み、正論の裏張りとなっているのを見てしまう。

疲れた、もう何も考えたくない。何を考えても今の鶴子には、暗澹《あんたん》とした崖の淵しか見えない。

納屋は夜中に灯りが点いている。気がついた日は、西駒が灯りを消し忘れたのかと思った。次の日も灯が見えた。それも遠慮がちに、鶴子の住む離れに面した窓の隙間から、蜂蜜が糸を引いて垂れる微かな光が漏れていた。集中して目を留めなければ見えない、あるかなきかの光だ。母屋の北は闇。周りに灯りがあればそれは見えなかっただろう。か細い光の糸は、西駒はここにいる、と鶴子に知らせているのを思わせる。冷たい玄冬の下、西駒は納屋で寝ているのか。そうだとしたら、プレハブはさぞ寒いだろう。

ためらった末、納屋の戸を叩いた。

「西駒さん」

「はい」西駒が小さな声で返事をして戸を開けた。

「毛布です、使って下さい。湯たんぽも一緒に」

「えっ？」西駒は返事をし損ねている。

「ここはこれからどんどん寒くなりますから」

「……はい、ありがとうございます」

「ここでは、煮炊きもままならないでしょう。昨日の残りですけど、肉じゃが、嫌いでなかったら持ってきます」

「ありがとうございます」

「よかった、直ぐ持ってきます」

朝、火の粉が爆《は》ぜる音に窓のカーテンを引くと、西駒が一斗缶で燃やしていたものを長柄のトングで取り出していた。火力が尽きたのか枯れ枝を折って缶の中に入れ、取り出したものをまた缶の中に入れた。じっと見ているとどこかで見た光景と重なった。燻る煙と火の粉が爆ぜる。あ、と息を呑んだ。黒煙を吐きながら一斗缶から出された麻袋が鶴子の中で黒共帯になる。あの時も帯は燃えないで燻り、鶴子は煙を吸って烈しく咳込んだ……。

不意に恐ろしいものが閃いた。

西駒はあの時、燃えない黒共帯を一斗缶から出して、住ノ江登紀子が鶴子に宛てた遺言書を見てしまったのではあるまいか……あの手紙を読んだからこそ、鶴子が出した新聞広告の尋ね人に反応し、差出人のない手紙を通用口に挟むことが出来た。そうだとしたら、住ノ江の手紙には書かれていなかった安井のリンバは西駒の知る人の中にいたことになる。それは偶然か。だが、千年以上前から続くこの街特有の人の結びつき、どこで人が繫がっているのかよそ者の鶴子には分からない。

すでに廃れているはずの使用人の感受性がこの男には残っていた。片桐当主に対する恭順の申し送り。夫の和夫が亡くなるまでは他にも使用人を抱えていた片桐家だが、一人去り、二人去りしているうちに、野坂と西駒だけは斜陽の家に最後まで留まっていた。去って行った人たちはすべて一代限りの雇用だった。トミ江はこの家に来てまだ十年だ。

鶴子は自分の迂闊な行動が西駒を動かしてしまった、と思った。これ以上住ノ江の手紙に西駒を深入りさせるわけにはいかない。深入りすれば、いずれ小寺カノエやあの男に行き着き、彼らの言い分にとり憑かれたら、西駒の立つ場所に亀裂が入る。

何度も考えをめぐらした。もう迂闊なことはしたくない。だが、西駒をこのまま走らせるわけにはいかない。

「西駒さん、心配して頂きましたけど、すべて終わりました」

何のことか当事者にしか分からない曖昧な言い方だった。

西駒は訊き返しも頷きもしなかった。焔に炙られた目は火の芯を捉え、焔はすでに西駒の躰に廻り始めている。手遅れだ。

「私の手落ちです。でも、終わりました……」

ようやくそれが言えた。何の効き目もないことは分かっていた。

「いいえ、終わってはいません。向こうが動き始めましたから」

燃え残りの麻袋を地下足袋で踏みつけながら西駒は言った。

「えっ、何のこと？」

「詳しくは言えません。奥さんは知らない方がいい。でもこうなったのは私の責任です。私が片付けます。長くはかかりません。あ、それと、トミ江に注意して下さい」

「トミ江？」

「はい、トミ江がよくない男に関わっています」

西駒はそう言って母屋の中二階に目をやった。トミ江まであの男たちと関わりがあると言うのか……。

住ノ江登紀子の手紙がここまで波紋を広げていることを読んでいなかった。鶴子はことごとく失敗をしたのだ。鶴子が犯した失敗はどれも片桐の家のことではない。この家に入る前の人間関係からすべてが生じたことだった。

部屋の中で鶴子は頭を抱えた。もう西駒は止められない。西駒を量り損ねた、と思った。いや、使用人だと見くびった。西駒は鶴子の言いつけで本庄静江の鞄をあずかり、納戸を開け、気を利かして屋敷のどこでも自由に開けられる合鍵まで作った。そして二度目の音無川。西駒はそこで鶴子が何をしたのか見た。西駒に負わせたものは単なる使用人の域を超えている……。

既に燃やし、西駒には見せてはいないが、初代の庭師ヤヒコに、片桐家の当主が強要した醜い指図を鶴子自身も踏襲していたことになる。そればかりか、鶴子は歴代の当主さえ考えなかった目論みを自力で成し、そこに至った自分を正当化した。

――地上の土地は誰かが誰かを殺して手に入れて来た。人の血が染みついたこの地上は元々誰のものだったのか。人を殺してすら手に入るのなら、殺さなければ誰でも自由に出来る、それが筋の通る理屈だ、と。

もしこれを理屈だと言うなら、小寺カノエやあの男の理屈とどこが違うのだろう。

朝一度換気をしただけで窓を開けることもない。カーテンを閉じたまま息を殺してじっとしていた。鶴子の意図を離れたところですべてが動き始めている。失敗の連鎖で、鶴子を中心に回っていたこの家での流れが止まった。

木枯らしの季節なのに離れは土砂降りの雨に撃たれている。

来る日も来る日も小刻みな土砂降りは続く。玄関の扉を少し開けると、母屋の屋根に夕陽の燃え残りを浴びた茜色の雲がかかっていた。母屋の雨は上がっている。離れは間を置いて烈しい雨に襲われている。長くはかからない、と西駒は言ったが、そう言うことか……。

躰を横たえていると、油の浮いた東京湾と醤油の匂いが染みついた家の作業場が見えた。何もかもが恋しかった。拓海に会いたい。拓海、ごめんね、姉ちゃんは油の海と醤油の匂いが染みついた家から出て、拓海と二人で暮らそうと思っていたはずなのに、とんでもない所に来てしまった。どこで間違えたんだろうねぇ。ごめんよ、ごめんよ。

北風の中、脚立に乗って換気扇を磨いていると、中からトミ江が誰かと電話をしているのが聞こえた。

――そうや、このケータイもおっちゃんからもろた。支払いは向こう持ちやで。ほんまに天神さんはえぇことを授けてくれはる。知りおぉたのもついこの間やで。うちが境内の茶店で休んでいる時に、偶然おっちゃんが横に座らはってな。話のついでに姪の子がアイドルの北斗星に夢中で切符が手に入らんゆぅたら、取ってやる、って。ほんまに取ってくれはった。にわかには信じられン話や。何でも興行師に知り合いがいてはるンやて。ン？　興行師ゆぅたら芸能関係のプロデューサーみたいなもんやろ。あんたも反抗期の子供にえぇ顔が出来たやろ？　おっちゃんはうちより年上やけど、今風のことも何でも知ってはる。この間もうちが喫ってい る煙草の銘柄を当てはった。きょう日、煙草は世間から悪者扱いにされて気の毒や、ゆぅてくれて、な。そうや、根がやさしぃンや。それに、気も利くンやで、うちが働いている屋敷の奥さんが風邪をひいた、ゆぅと、漢方の煎じ薬を袋に詰めて持って来てくれた。ゆっくり丸三日煮出したらえぇんやて。これからそれの仕込みにかかるンや。貰いっ放しで気が引ける、ゆぅたら、あんたの身の回りのことを話してくれたらえぇって。せやさかいうちがこの家に来た時からの面白い話を聞かせてやっててン。お歯黒たちのけったいな話やけど、おっちゃんはお歯黒の話には関心がないようや。それより、大きなお屋敷の奥さんのことが知りたいゆぅてあれこれ訊かはる。奥さんの名前は何や、どんな暮らしや、誰が出入りしている、って、そら、熱心や。せやさかい今度おぉたらいよいよ川奈からの話や。一度に出すのはもったいないさかい、順繰りに、な。奥さんが人質状を使こぅて珠子さんを追い出した時の顚末や、外出のとき白髪の鬘を被って変装したり、この家の絞り丸太に傷をつけるほどの泣き所もうちは知ってるさかいな。この間、屋敷の中が見たい、言わはったけど、それには返事はせえへんかった。昼は庭師が何時もうろうろしてるし、夜は電気を点けなければ何も見えない屋敷や、もし鶴子さんに見られたらただでは済まン。鶴子さんはこの家に他人を入れるのを嫌うさかい。でも断り切れんようになるやろな、いろいろ貰っているさかい。ン？　おっちゃんの仕事？　それは知らン。小金を貯め込んでいる寂しいお人や。顔は恐いけど気はいい人や」

与一は音を立てないように脚立から降りてそれを納屋に運んだ。辛抱強く台所に貼りついていた甲斐があった。見えなかったものが単純な線ではっきりと現れた。だがその単純さには相手の性急な意図が見え、手を拱《こまね》くわけにはいかなかった。

納屋の中でパソコンを開いた。いつも仕事の段取りを決めるために見る天気予報だ。雨と風の詳しい情報が欲しかった。

夕方になり風が強くなった。北風が広い片桐の屋敷を走る。今年の台風はすべて終わった。ここ数日風は強いが、霙《みぞれ》の心配もにわか雨の心配もないと細かな気象状況がもたらされた。それでも北山の奥では片時雨の雲が走り、与一は雲の流れに目を留めた。

音を立てずに一時間おきに台所の外回りを歩いた。鶴子さんの風邪を治すためにトミ江が仕込んだ薬草が、ぐつぐつと音を立て始めている。

順一からメールがあった。来週から片桐の屋敷で働く。この間パソコンを触った詫びだ、与一は鳴滝で休んでくれ、あとは社長の自分が仕切る、と。携帯電話の電源も切った。

与一は納屋からホースを出して鶴子さんの離れに水をかけ始めた。一昨日から始めたそれに鶴子さんは一度窓を開けたようだったがそれっきり窓は開かない。この人は何んでも知っている。与一のすることもお見通しに違いない。与一はそれだけが支えだった。鶴子さんは何かをする時いつもひとりでやる。与一はそれをこの人から教えて貰った。

トミ江が一日をどう過ごすのか摑んだ。二階に上がらない時間は午前中。昼になると近くのスーパーマーケットに弁当を買いに行く。これまで通り三日に一度離れに声を掛けて買い物がないか訊く。昼からは何もしない。珠子が家を出て以来、誰もいない母屋でのトミ江の仕事は、座敷の掃除とテレビを観ることぐらいだ。

　離れを囲む裸木となった木々にも少しずつ水を含ませた。急な風向きを恐れた。ひび割れた木肌が繰り返して水を浴びるうちに軋みを消し、鉈で幹を撃っても生木の匂いと手応えがあった。

　北風がひときわ強い日がやって来た。トミ江が買い物に出ている間に離れと木立にたっぷりと水を撒いた。土砂降りのあとのような湿気が北の離れを覆っている。それも夕方になると風に浚われた。

　買い物から帰ったトミ江が煙草を喫っているのか換気扇を通して白い煙が漏れている。与一は台所と離れの間を何度も往復し、片桐の屋敷が暗闇に包まれるのを待っていた。冬至だ。僅かにあった地表の温もりも日没前に消えた。一息する度に辺りは暗さを増している。北の離れを見ると、離れはカーテンを閉めて一切の灯りを漏れないようにしている。それが覆いをした鳥籠に見えた。

　ガスコンロに火を入れる音がした。大鍋で薬草を煮出している。屑籠に空の缶酎ハイを投げ捨てる音がした。台所の外のゴミ箱は飲み終えた缶酎ハイと煙草の空き箱、食べ終わったコンビニの弁当箱でいっぱいだ。この屋敷でひとりになってからトミ江は好き放題をしている。トミ江の人生の中で今が一番自由で幸福な時なのだろう。

換気扇を通して薬草の煮えたぎる灰汁の強い臭いが出ていたが、臭いは離れには向かわず北風に乗って屋敷を撫でて行った。しばらくすると、トミ江があの急な階段を上がって行く足音が聞こえた。おそらく二階から離れを見るためだ。離れは漆黒。トミ江は与一が納屋で寝泊まりをしているのも知らない。与一のジープはガレージに入ったままだった。シャッターの鍵を二つにして簡単には開けられないようにした。闇雲に手を掛ければ警報音が鳴る。北のはずれにある駐車場は、与一と鶴子さん以外にはその音も届かない。

携帯電話の呼び出し音で二階からトミ江が下りて来る。

——あ、トミ江です。はい、今日も変わったことはおへン。奥さんはしんどいゆぅて離れから出ませんわ。はい、三日間は煮出したさかい明日は奥さんに飲んで貰います。えっ、薬やさかい、朝晩たっぷりと飲んでもらえって？　はい、そうします。ほな、寒いさかいうちも早よぅ休みます。はい、ほな、さいなら、おおきに。

与一は懐中電灯を左の手首に巻いて北の納屋から出た。手首の光は鈍い黄土色の隈がかかってかすみ、一刻の猶予もないことを知らせている。

風が半纏の背中に強く当たった。今年一番の烈しい北風だ。右頬に当たる冷たい風が与一の顔を般若にしていく。毎年、冬至の頃に現れる右頬の引き攣れだ。

東の門の閂を確かめ庭のある南に向かう。耳を澄ませると北風の中で、瓦の擦れる音、弛んだ根太を襲う柱や梁の鳴る音が微かに聞こえた。母屋の音だった。

庭の真ん中に立った。三百坪の庭はヤヒコの企みを闇の中に閉じ込め、ようやく本来の姿となったのか、木立は枯れた徒長枝のまま揺れ、どこかの川から運んだ石は、鑿を入れた割れ目に苔を植えたところが風の通り道になっているのか、草笛の鋭い音が闇の中を走る。何日も手入れを怠った庭は、風の中でそれぞれが生まれた深山渓谷を恋しがって泣く。泣け、思い切り泣け。ヤヒコによってこの場所に置かれたおのれの運を恨んで泣け。

そこから西の壁に沿ってゆっくりと北に戻る。もうどこが庭なのかどこが屋敷なのかその境も見えない。玄関の電灯も外れるギリギリまで緩くしておいたので点いていない。隣近所などこの屋敷とは灯り一つの縁もない。ぼんやりと灯っていた中二階の女中部屋の灯も消えた。時間は九時。この時間にトミ江が部屋の電気を消すのを確認している。

与一の左手首に巻いた小さな灯が点滅をした後消えた。鶴子さんが音無川で消耗し尽くしたのだろう。もうどこにも光を作る光源はない。でも大丈夫ですよ、鶴子さん。西駒はこの屋敷の隅から隅まで知らないところはありません。目を閉じたままでも歩けます。

与一の全身は暗闇に同化していた。

闇と共に台所に入り、はっとして息を呑んだ。何かが光った。台所のガス台の上で銀色の光の瘤が揺らめいていた。ガス台に乗った大鍋だった。銀の揺らぎはゆっくりと食卓テーブルの上に流れた。

吸い終えた煙草が捨てられないまま灰皿から零れている。何の空き箱なのか、いくつもの箱がテーブルの下に無造作に積まれている。すべて見えていた。

与一は灰皿の中の一本を取りそこにあったライターで火を点け、空箱の中に落とした。箱の中に丸めて入っていた薄紙が芍薬のように開いた。

了

あとがき

書き下ろしの長編小説を終え、消耗し尽くしたにもかかわらず、無性に短編小説が書きたくなった。切れのある短い文章が理想だが、長編に馴染んだせいか呼吸が整わず文体が決まらない。切り替えが遅いのは年齢も関係しているのだろう。そうこうしているうちに十月が終わった。

外は時雨。鬱々としながらまた机に向かい呼吸が導いてくれる短い言葉を待つ。

十一月の半ば、机を離れて気になる男に会いに行く。「ジョーカー」のホアキン・フェニックス。上演五分前に部屋を出ても十分に間に合う近くの映画館。いつもは中高年が観客の花形なのに、その日の「ジョーカー」は氷河の若い人。サイレント・ジョーカー。

道化師・ホアキン。彼は、言語化できない情動を「笑う」行為のみに圧縮させ、他の感情をすべて無化した。

小説は人間の「喜怒哀楽」を細かに描写して、ようやく一人の人物像を立ち上がらせることが出来る。そう思い込んでいた。だが、それらを大作家のどんな名文で織り込んでも、映像の中でひたすら「笑う」男によって、言葉・文章が、ある状況の中ではいかに無力となるかを突きつける。文字で人間を書く。それは可能なのか。

映画館を出ても「笑う」ホアキンが離れない。いつまで居座るつもりか。部屋では「鴨居《かもい》玲《れい》」の赤い服のピエロの絵はがきが、白い壁に画鋲で留められ私が戻るのを待っている。

ケヤキ並木に面した喫茶店で、道化師をなだめるために、「私もそうする」と、灯りの灯り始めた街に目を向ける。一行も書けなくなる漠とした不安。

最後になりましたが、初校から念校まで伴走して下さった鳥影社の百瀬精一様・編集室の皆様ありがとうございました。厚く御礼申し上げます。

令和元年　師走

室津波光

卑湿の淤泥

定価（本体1400円+税）

乱丁・落丁はお取り替えします。

2020年 1月29日初版第1刷印刷
2020年 2月10日初版第1刷発行
著　者　室津波光
発行者　百瀬精一
発行所　鳥影社 (www.choeisha.com)
〒160-0023 東京都新宿区西新宿3-5-12トーカン新宿7F
電話 03-5948-6470 fax 03-5948-6471
〒392-0012 長野県諏訪市四賀229-1（本社・編集室）
電話 0266-53-2903 fax 0266-58-6771
印刷・製本　モリモト印刷

ISBN978-4-86265-798-5 C0093